全民微阅读系列

阿姆斯的珍宝

吴作望　著

江西高校出版社

图书在版编目(CIP)数据

阿姆斯的珍宝/吴作望著. 一南昌:江西高校出版社,2017.9(2020.2重印)

(全民微阅读系列)

ISBN 978-7-5493-6029-1

Ⅰ.①阿… Ⅱ.①吴… Ⅲ.①小小说—小说集—中国—当代 Ⅳ.①I247.82

中国版本图书馆CIP数据核字(2017)第223719号

出版发行	江西高校出版社
社　　址	江西省南昌市洪都北大道96号
总编室电话	(0791)88504319
销售电话	(0791)88592590
网　　址	www.juacp.com
印　　刷	永清县晔盛亚胶印有限公司
经　　销	全国新华书店
开　　本	700mm×1000mm　1/16
印　　张	14
字　　数	180千字
版　　次	2017年10月第1版 2020年2月第2次印刷
书　　号	ISBN 978-7-5493-6029-1
定　　价	36.00元

赣版权登字-07-2017-1158

目录

CONTENTS

财富泡泡糖

那一年,美国南部遭受大灾害,当洛杉矶的街头出现募捐站时,第一个捐款的却是一个蓬头垢面、拖着一条残腿的年轻流浪汉。

这个流浪汉叫斯加特,父母死了后,无依无靠的他一直以乞讨为生。这天,斯加特得到一个英国游客给的100美元,他已经挨饿两天了,但他没有走入餐馆,也没有将钱装入口袋,而是抚摸了一下手中稍皱的钞票,然后,一瘸一跛地走向募捐站,将这100美元投入了箱内。斯加特的这一"善举",感动了现场所有的人,赢来一片掌声和眼泪,也深深感动了一位叫叶迪逊的富翁……

第二天,叶迪逊让人把斯加特找去,开门见山地说:"年轻人,昨天你的行为感动了我,一个残疾人有如此博爱的心,难能可贵。我想帮助你,让你过上受人们尊重的另一种生活。"说着,他递出手中一张填好的支票。

斯图加特却没有接,叶迪逊稍怔了下,说:"我明白了,你并不想得到金钱的帮助,是想有自己的事业?"见斯图加特点点头,叶迪逊露出了笑容,马上问:"你说吧,想经营什么样的企业或者公司,需要多少钱投资?"

斯加特说出了自己的打算,他并不想经营企业,想办一个送纯净水的公司,当时在洛杉矶这是一种新行业,投资少,有一万美元就可以了。可是,利润却微薄,每一桶水只能赚到一颗泡

泡糖——

“什么，只有一颗泡泡糖的利润？年轻人，你为什么不选择一个更赚钱的项目呢？”

“叶迪逊先生，我清楚我的能力，办一个送水公司可能更适合我，而且，我也希望能从一颗泡泡糖的利润赚起。”斯加特说到这里，看看叶迪逊，脸有些红了，目光里却充满了一种自信，“世上的任何财富，都是一点点积累起来的，我相信叶迪逊先生您也是这样，就像大海经过无数年的容纳，才有了自己澎湃的涛声。”

“不错，年轻人，你说得对极了！”叶迪逊连连点头，高兴地拍拍斯加特的肩，“我想你一定是上帝财产的管理人，你已经让我看到了你的‘财富’，你一定会成功的。”

在富翁叶迪逊的帮助下，斯加特办起了送水公司，赚起微不足道的一颗泡泡糖的利润生意。时光很快在人们不经意间流逝过去了，20 多年以后，美国富翁榜上出现了斯加特的名字，此时的斯加特不仅经营房地产、饮食餐业、还涉足金融界……

而且，每年一到圣诞节期间，流浪在洛杉矶的乞丐们，都会收到一位名叫“圣诞天使”的捐款，帮助他们度过一年中最寒冷的冬季。又过了很多年，人们才知道不留名姓的“圣诞天使”，原来就是斯加特，不幸的是他患了绝症，临终前，他将亿万资产捐给了美国的慈善事业。

斯加特却对自己很吝啬，他死后，人们在他的墓碑上找来找去，除了他的名字外，只刻有一颗不起眼的泡泡糖……

永远的“禁区”

得知父亲考察了马顿岛，甚至不惜一切代价，竞拍到该岛100年拥有权的消息后，诺丁伦兴奋极了，马上从纽约赶赴马顿岛，因为父亲约他到岛上见面。

诺丁伦喜欢航海环游。还在两年前，他就发现马顿岛犹如一颗镶在海上的翡翠，极具旅游业价值，一旦投资开发出来，将来一定能与著名的夏威夷媲美。而且，凭诺氏家族雄厚的财力不会有任何困难。父亲却不太感兴趣，只要他回家提起马顿岛，总会把话题岔开，要不，打听他在大学的一些情况。现在好了！父亲终于发现马顿岛潜在的巨大价值……

这天夕阳下，诺丁伦和父亲在岛上散步，海风无比凉爽，小岛一片郁郁葱葱，景色美极了。父亲拄着手杖，慈爱地看着他：“孩子，这地方属于诺氏家族了，谈谈你对小岛未来的设想吧。”

诺丁伦抑制不住兴奋，作为诺氏家族的继承人，他早就构好了一幅小岛的远景图：“爸爸，我想花10年左右的时间，把马顿岛打造成世界著名的旅游胜地。这两年内，先建造最豪华的小别墅，让全球那些超级影星、球星及名模，夏日从各地来岛上避暑。当然，还有您眼前的这片海滩，将会建成一个天然迷人的浴场。”

见父亲缄默不语，深邃的目光在凝视着什么，诺丁伦抬头看了一下，随着黄昏的降临，只见附近那片郁郁葱葱的小山头，渐渐变成了一座壮观的“白岛”。原来，那是上万只海鸟栖息之地，白

天它们出外觅食，傍晚成群结队地飞回来。

“爸爸，”诺丁伦马上又抑扬顿挫地道：“当绮丽多彩的夕阳消失海面时，游客倚栏眺望，翠绿的小山变成白色的岛时，那该是一幅多美的景观啊！它也一定会让无数游客流连忘返……”

“不！孩子。”父亲摇摇头，终于打断了儿子的话，“一旦这里变成了你的旅游胜地后，‘白岛’就消失了！知道吗？来自世界的游客与小别墅、高尔夫球场和码头，还有无休止的杂音及污染，会使海鸟们失去它们赖以生存的乐园！”

看着惊愕住的儿子，父亲稍顿了一下，声音也有些嘶哑了：“在你还小的时候，爸爸曾干过一件蠢事，承包了一段高速公路的修建工程。没想到那是一条蛇道，每年七八月份，就有成千上万条蛇通过那地方。由于隔断了它们的‘通道’，那一年，不仅屡屡发生蛇伤人的事件，而且在以后的几年中，当地粮食歉收，老鼠泛滥成灾……”

这时候，两只白头鸥鸣叫着飞过来，小岛以前没有人迹，它们一点也不惧怕，有一只小的竟然将父亲的肩头当成树枝，一边轻盈地飞落下来，一边悠闲地啄起身上的羽毛。

诺丁伦呆了一呆，看看亲昵抚摸肩头上的鸟儿的父亲：“爸爸，我不明白，既然你已经想到了这些，为什么还要耗资几千万美元，将你根本就没想要开发的小岛买下呢？”

“孩子，是你上次的话提醒了我，即使我们放弃了，还会有别的投资商买下它，因为马顿岛太适合旅游业了，没有人会放过这块‘蛋糕’的，才促使爸爸来这地方考察。”说到这里，父亲缓下步，凝望着两只翩翩飞向“白岛”的海鸟，自言自语道，“不错，诺氏家族完全有能力把这里变成世界最好的旅游热点，可海鸟们的家怎么办？以后它们到何处繁衍后代？此外，还有每年迁徙的无数候鸟……”

“爸爸，难道以后我们仅只有马顿岛的守护权，而让它永远就这样闲搁着吗？”诺丁伦喃喃地问道。

父亲点了点头，面色十分凝重，“孩子，你一定要记住，牺牲人类朋友的利益，最终是危害了自己的利益，人类为此付出的代价还少了吗？”

诺丁伦没有再问了。

第二天一大早，父子俩离开了马顿岛。

很多年过去了，全世界只要能涉足的金融、房地产及其他行业，诺氏家族几乎都涉足了，马顿岛却是永远的“禁区”，至今仍然是海鸟们的乐园。

上帝只会施舍一次

基恩看守猎场30年了。他早已厌倦了猎场生活，但他无法离开，因为欠了猎场主人沃尔卡很大一笔钱，多到连他自己都记不清了。

沃尔卡当年贷款买下猎场时，还不如有住宅和车的基恩富有。但沃尔卡从不放过每一笔有可能赚钱的机会，经常请商界的那些人，到猎场狩猎与消遣……几年以后，沃尔卡在生意场上声名鹊起，而基恩陷入了赌场，连住宅和车都输掉了，成了沃尔卡猎场的看守人。

30年过去了。有一天，基恩听到消息，沃尔卡患了不治之症,基恩心里不安起来,沃尔卡不仅为人吝啬,还是个出了名的“记账富翁”。尽管他记不清究竟欠了多少钱,但沃尔卡的账簿上一定记得一清二楚。沃尔卡活不长了,死之前会要我还清全部的债款,基恩心里这样想着。几天后的一个下午,沃尔卡果然来到猎场找基恩,拄着一根手杖。没等基恩开口,沃尔卡就声音嘶哑道:“基恩,你知道吗?我的健康很糟糕,医生说我不久要到另一个世界去了。”

“我已经听说了,这的确很糟糕。”基恩忙打断,看看面容苍老的沃尔卡,又吞吞吐吐地道,“沃尔卡先生,我知道你一定会来找我的。不过你知道,我真的无法偿还您的钱。”

见沃尔卡盯着他,摇了摇头,基恩的脸涨红了:“沃尔卡先生,我不会赖账的,就是您不在人世了,将来我会还给你的儿女——”

“不不,就是我死了,我的儿女也得不到什么遗产,他们已经生活得很好了,财富不应该集中在少数人手里。”沃尔卡稍顿了下,看看呆怔住的基恩:“我今天来猎场,是想最后一次跟你算下账,因为在我死之前,我决定将我的财富捐给慈善事业,当然,还有像你这样需要改变命运的人。”

沃尔卡又露出几分怜悯的神色:“基恩先生,本来我应该把这座猎场给你的,遗憾的是,这些年你因赌博欠我的钱,正好与猎场的价值相等。你要相信,上帝对于任何一个人是公平的,只会施舍一次。”说着,沃尔卡掏出账簿,把欠债人基恩的名字划掉了,又拍了下基恩的肩道,“这座猎场的新主人将是护林人洛克,如果你愿意在这里干下去的话,我想洛克一定很高兴。”

夕阳下,沃尔卡拄着手杖蹒跚地走开了。

基恩突然痛哭流涕起来,看守猎场30年来,其实他可以利用沃尔卡借的这些钱,干出一番事业,过上像以前那样的富有生活,然而他却彻底输掉了！最可悲的是,连自己的命运,也要靠人家的恩赐……

蛇 道

尤尔斯是美国建筑行业的大亨,这天中午他应该到达洛杉矶的,下午签订一份大工程的项目,晚上出席州长为他举行的酒会。可是,已经夕阳西下时分了,他的车队还困在一条叫马丁尔的偏僻公路上。

既不是天气的影响,也不是交通造成的原因,而是每年这个季节,总有成千上万只南来的蛇,穿过此公路,迁徙到以农牧业为主的北部去。不走运的是,尤尔斯的车队取道这里时,公路已经被警方封锁了,拦了下来,为今年要通过此地的蛇群让"道"。

公路旁还竖着一块十分醒目的警示牌:"你想北部粮食歉收、老鼠泛滥成灾的话,就请闯过去!"

尤尔斯身份显赫,当然不会硬闯过去,但想掉头也不可能了,因为后面的车辆越来越多,公路完全被堵塞了。尤尔斯便走下车,问一位维持秩序的胖警官:"警官先生,你能确定有蛇群通过这里吗?"

胖警官显然认出了他,脸上露出笑容,并不厌其烦地答道:"尤尔斯先生,请耐心等待吧,人类天天都在走这地方,而蛇们一年只经过这里一次。"

时间就这样过去了。

直到第二天早上,当在车上睡了一夜的尤尔斯醒来,听说昨晚上并没有出现蛇群,警方仍禁止车辆通行时,他终于忍不住了,喊住走来的胖警官:“警官先生,你能否准确一点告诉我,蛇群究竟什么时间通过?”

胖警官一夜没有休息,脸上露出疲惫的神色,看了一眼雾气弥漫的公路,耸耸肩无奈地答道:“尤尔斯先生,这个我也说不定。既然蛇群昨天晚上没有通过,我想极可能是今天的白天,或者是晚上——”

“什么,还仅仅是有可能?”

“是的,你也知道这里一直属于蛇‘道’。”胖警官的表情变得凝重起来,说,“自从修建了这条公路后,它们和人的斗争就没停止过。即使每年有很多被车轮轧死,付出了惨重代价,可每年到了这个季节,它们仍然视死如归,前仆后继,浩浩荡荡通过——”

尤尔斯此刻没心情听他谈这些,只想着早一点赶到洛杉矶去。因为,时间每一分每一秒对于他来说都是金钱,被困在这地方10多个小时,他已经损失上百万美元了。此刻他掏出了手机,打断胖警官问道:“警官先生,如果州长此刻跟你通话,让你们放我的车队过去,你会放行吗?”

看着神情矜持的尤尔斯,胖警察摇摇头,淡然地笑了笑:“别开玩笑了!州长是不可能提出这种要求的,他没有这种特权。”

“为什么?”

“你没看到路旁警示牌上的告诫吗,这可是州长亲自写的。”

尤尔斯呆了一呆:“如果是总统的命令呢,你们也不放行吗?”

胖警官没有回答,他手中的对讲机响了,有事就走开了。没一会儿他又回来了，不过这一次，胖警官的表情十分严肃，口气也变得悻悻起来："尤尔斯先生，难道你真的不知道你承建这段公路的那年所带来的后果吗？由于隔断了蛇群的'通道'，那一年，不仅屡屡发生蛇伤人的事件，而且第二年，佛尔顿北部粮食歉收，老鼠泛滥成灾……"

胖警察走开前，又瞪了尤尔斯一眼："知道吗？'无条件给人类朋友让道'的命令，是总统亲自签订的！"

阿姆斯的珍宝

阿姆斯到英国继承父亲的遗产前，听说父亲是个大富翁，给他留下了一笔巨额财产。

可他来到伦敦以后才知道，父亲只有郊外一幢带阁楼的老房子，而且很少有人知道父亲的名字。阿姆斯对此并不在意，还在他很小的时候，父母就离异了。母亲带着他回到墨西哥，在一个海边小镇过着清贫的生活。两年前母亲病逝后，父亲辗转找到了他，想带他一起回英国去，但阿姆斯拒绝了，因为他已经成了家，也习惯了小镇的生活。

父亲的老房子一点儿也不起眼，墙皮剥落，院墙和房顶爬满了青藤。要说有什么特别的话，就是房内堆满了老式家具、彩陶和青花瓷器，还有一些油画、小提琴之类的东西。

阿姆斯想卖掉这所老房子，回墨西哥去买一条属于自己的捕鱼船，这是他多年的愿望。

很快,就有买主陆续上门来了。

让阿姆斯感到沮丧的是,买主们到房子里转了一圈儿后,不是摇着头,就是流露出失望的眼光,有的甚至一言不发就走了。

快半个月了,房子仍然没有卖出去。

这一天,来了一位头发花白的老者,他拄着手杖在房子里转了一圈儿出来后,问阿姆斯想卖多少钱,阿姆斯说:“老先生如果看中的话,我可以便宜一点,25 万英镑。”

“什么? 25 万? 包括房子内的那些东西吗?”

阿姆斯点了点头,马上又说:“如果您嫌价格高的话,我可以再便宜一点,20 万英镑怎么样?”

老者怔住了,盯着他几秒钟后,突然愤怒起来:“简直是暴殄天物! 难道大收藏家埃里一生所收藏的珍稀之宝,连同房子一起只值 20 万英镑?”

老者激动之下,把阿姆斯拉进房子,边指点边介绍:“看到了吗? 这套古典家具来自沙皇亚历山大二世的俄国皇宫,那只青花瓷瓶产于中国元代,去年拍卖到 3000 万英镑! 还有阁楼的那些名贵油画、小提琴,全都出自像凡·高、斯特拉底瓦里那样的巨匠之手。可以说,这房内和阁楼的每一件东西,价值都在 20 万英镑之上。”

阿姆斯完全惊呆了,原来,父亲确实留给了他一笔巨大而惊人的财富啊!

阿姆斯很快了解到老者的身份,他是伦敦博物馆的馆长,叫马泰尔,也是父亲埃里的老朋友。听说老朋友猝死,老朋友的儿子要卖掉郊外这幢带阁楼的老房子,他于是匆匆赶来了。

“这些无比珍稀的藏品,是你父亲耗费了一生心血、常年在世界各地奔波,倾尽埃里家族的所有资产买来的。”马泰尔馆长说到这里，顿了一下，“有关这一切，难道你父亲从来没有告诉你吗？”

阿姆斯喃喃道：“对不起先生，父母离婚以后，母亲就带着我去了墨西哥。对于父亲在这里的一切，我了解甚少，而母亲从来不提起父亲，不知为什么，她一直到死也不肯原谅父亲。”说到这，阿姆斯的眼圈儿红了，“但今天我终于明白了，这几十年来，父亲为了得到他梦寐以求的奇珍异物，不惜任何代价，甚至舍弃了妻儿家庭……我为他感到悲哀。”

马泰尔馆长叹了一口气：“不错，除了这房子和阁楼上的这些藏品外，你父亲的确再没有什么了。”

马泰尔馆长临走前告诉阿姆斯，即使是国家博物馆，目前也没有财力买下他父亲的这些珍稀之宝，他请阿姆斯慎重考虑一下，明天他还会来。

第二天上午，马泰尔馆长果然来了，问阿姆斯：“你考虑好了没有？还是坚持要卖掉这幢带阁楼的老房子和那些珍宝？”见阿姆斯点点头，他马上又问：“那现在你准备卖多少钱呢？”

“20万英镑。”

马泰尔馆长一怔：“什么，还是20万？！”

“是的，我考虑好了，觉得这个价格非常适合这幢老房子。”阿姆斯推开紧闭的窗户，表情平静而淡然地说：“我是在贫困中长大的，对财富从来没有过多的奢望。我的妻子昨晚打来电话，说她已经和船厂联系好了买船事宜，20万英镑足够了，她盼望我早一点儿回去。”

“我明白了！”马泰尔馆长呆了一下，马上激动起来，“难道，你是想将你父亲的这些藏品全部捐给博物馆？”

“不错，它们不应该是属于我们父子的私有财产，博物馆才是它们最好的归宿。”

阿姆斯又看看马泰尔馆长,感慨道:“父亲虽然拥有数以千计的瑰宝,可是最后,他什么也带不走,甚至身边没有一个亲人。比起父亲,我已经很满足了,因为我有父亲一生都不曾拥有的珍宝—— 一个温暖而完整的家。”

多斯潘彩狼

如果不是一次偶然机会,在叔叔家看到几张触目心惊的照片,多斯潘的人生将是另一番光景。

照片上被猎杀的是一群他从没见过的狼,尽管血淋淋的,却掩盖不了它们身上呈现的红、黄、黑和白色的斑块。它们活着时,动作一定比羚羊矫健,色彩斑斓的皮毛比老虎还要耀眼和美丽。从当航拍员的叔叔讲述中,他头一次听到彩狼的名字,它们是狼经过千百万年进化而来的,又名叫南非猎犬,是非洲荒原上非常善于捕猎的食肉动物。由于人类从不停息地捕杀,或偷猎,非洲彩狼所剩无几,离灭种的厄运不远了。

这年他大学刚毕业,优异的成绩原本可以让他留校任教的,父母也给他提供了足够的资金,相信他办企业和公司一定能够成功,女友则盼望与他踏上婚姻的红地毯……然而有一天,他对父母和女友说,他想去探望远方的一位朋友,便背上装有照相机的旅行包出门了。

从那以后,这个叫多斯潘的年轻人杳无音信,似乎在这个世界上消失了。

直到20多年后的一天，已经满头白发的父母，忽然收到一个沉甸甸的包裹，是从非洲南部的萨比国家天然公园邮寄来的。包裹里装的是上万张彩狼的各种照片，一台老旧照相机，还有一本写满思念亲人话语的笔记本。父母这才知道儿子的下落。为了拯救濒危的彩狼，那年他孑身一人去了非洲南部，风餐露宿，历经千辛万苦，从惊喜寻找到第一只彩狼开始，他就再也没有放下手中的照相机……

20多年中，为了拯救濒危的彩狼，他曾与偷猎者或各种野兽进行过殊死搏斗，也曾被彩狼咬伤过。20多年中，为了找出萨比荒原上究竟还有多少彩狼，他与当地很多人交上了朋友，发动和请求他们，发现彩狼或马上拍摄下来，或告诉他准确的时间和地点，他再去寻找和追踪，因为每只彩狼都有独特花斑，他已经能辨认大部分彩狼和彩狼群。

也正是他提供的这些照片，令科学家们意识到非洲彩狼岌岌可危，比南非钻石还稀少，不足400只了。在科学家们的忧患和呼吁下，政府才下决心建立萨比国家天然公园，彩狼也因此获得了新生，迅速壮大起来。不幸的是，多斯潘被疾病夺走了生命，人们在野外掩体里找到他的遗体时，他手中还紧紧握着照相机，附近的一群彩狼不肯离去，一直在高声悲鸣……

多斯潘把生命永远留在了非洲。他拍摄了上万张珍贵照片，没有一张是他自己的，更没有一张亲人的。人们为了怀念他，把萨比国家天然公园的彩狼，称为“多斯潘彩狼”。

琴痴的人生

一个寒冷的冬晨，在澳大利亚的悉尼露娜公园，警方发现一个冻死的老乞者，他怀中紧紧抱着一个破布严实包裹的东西。

警方费了好大的劲，才从死者怀中取下这个破布包裹，里面竟是一把很老旧并断了一根弦的小提琴。除此之外，死者一无所有。

死者生前已在露娜公园行乞十多年了，性格怪异，平时也不对谁说话，看人总是带着戒备的眼光。特别是他怀中破布包裹的——像是人间最贵重的宝物，从来不让人碰一下，直到他被冻死，人们才知道是这么一把毫不起眼的小提琴。

警方开始寻找他的家人。令警方十分吃惊的是，死者并非是一般人，而是出身于芬兰的一个豪门世家，有妻子和儿女。他20多岁时，就继承了父亲所遗留的千万财产。然而，他却迷上了小提琴收藏，只要听说是著名制琴大师制作的，便不惜重金买下。

沉溺于这种狂热的“收藏”，长年累月到处奔走，他的家业开始衰败了。但他仍然不顾这些，那一年，为了得到那把“上帝的小提琴”，他不听家人的劝阻，花了几十万美元买下。如果把这些钱投资于海上运输，足可以赚个盆满钵满。

更不可思议的是，以后他再也没有回家，带着这把“上帝的小提琴”到处流浪，最后来到了悉尼。他的小提琴拉得很好，在过去的20多年中，他完全可以靠卖艺生活，用不着行乞或露宿公园。他却宁可选择行乞,也不愿将自己收藏的宝物示人。

20 多年了,家人不知道他的下落,被他视为比生命还重要的宝物,在他死后也露出了“真容”,它并没有得到人们的赞美,仅只是一把断了弦的老琴而已。

何谓人生悲剧,生前为了占有和满足一己私欲,不惜任何代价,甚至舍弃妻儿家庭,死后却什么没有,什么也带不走。

这样的人,即使是拥有“上帝的小提琴”,也奏不出美妙而动人的天籁之音,注定是过着没有温情的冰冷日子。

东方漂来的鸭

拉姆是英国的一个渔民,只要他驾船下海捕鱼,鱼商老板泰利就会早早地到镇旁的小码头等候。

今年鱼汛期间,因为暴风的影响,拉姆有十几天没下海捕鱼了。他不想错过最佳的捕鱼时节,肆虐的暴风平息下来以后,这天一大早,就独自驾船出海了。

拉姆像往常一样将船驶入熟悉的海域,突然左侧海面上,随着风浪涌过来一片起伏不定的白点儿。咦,那是什么东西?

他赶紧将船开过去,看清这片白点儿既不是鱼群,也不是什么海鸟,竟然是无数只漂流的玩具鸭,犹如一支威武浩荡的“鸭子舰队”。

不错,是塑料做的玩具大嘴鸭!经过海水的浸泡和阳光暴晒,漂流鸭早已褪色或者破损。他将其中的一只漂流扔入船舱,其余的几只放回了大海。

这一天，拉姆运气不佳，没捕到多少鱼。傍晚返回小镇码头，看到等候多时的鱼商老板泰利时，拉姆抱歉地说："今天很糟糕，也许我不应该出海。"

拉姆从船舱搬出几筐鱼，还有那只玩具鸭，说："你瞧，所有的收获就这些。"

谁知一看到那只玩具鸭，泰利的脸色马上变了："拉姆大叔，它是从海峡方向漂来的吗，怎么就这一只？"

拉姆点点头："有上万只漂流鸭呢，这一只是它自己跳上船的。我心里还在想，今天碰到的要是大鱼群多好。"

"这么说，你碰上了中国的'鸭子舰队'？"

见拉姆点点头，泰利吃惊的声音也变调了，异常激动地说："拉姆大叔，你为什么不撒出手中的网呢？这可是大海送给你的一笔巨大财富啊！"泰利讲述起来。

十五年前，中国一家玩具厂的货船从中国香港出发，在穿越太平洋到美国的途中，遇到强烈风暴。一个装满几万只塑料玩具鸭的集装箱坠入大海并摔破，所有的玩具鸭漂浮在海面上，形成了一支庞大的"鸭子舰队"，从此随波逐流。

三年间，在漂流了 3500 公里后，"鸭子舰队"抵达美国东海岸。又漂流了三年，它们在围绕加勒比海到英国之间海域的湾流作用下，用一年时间穿越了大西洋。

泰利讲到这里，稍微停顿了一下，从拉姆手中接过玩具鸭，有意加重了语气："这些中国鸭在海上历险和漂泊了十五年，行程几万公里，在许多海洋学家眼中早已经成为难得的宝贝。通过研究'鸭子舰队'的漂流路线，可以了解海洋洋流及气候变化的奥秘；而且，它也成为'追鸭族'们所追捧的著名玩具，并在全世界范围内引发了淘金热!”

拉姆半信半疑,笑着摇了摇头:“泰利先生,你别跟我开玩笑了。”

“不,你一定知道我叔叔格森,他是一位著名收藏家。昨天晚上,他特意从伦敦给我打电话,聊了一个半小时。听我叔叔说,‘鸭子舰队’近日将抵达英国海岸。叔叔还告诉我一个消息,当年从中国进口这批鸭子的美国公司,愿以每只 100 英镑的高价收回这些鸭子……”

泰利马上又补充:“不过,现在这个价格根本没人理睬,因为在收藏家手中,每只鸭子已经炒到 1000 英镑了。”

“什么? 1000 英镑?”这下轮到拉姆吃惊了。

望着变得沮丧的拉姆,泰利的声音充满遗憾:“大海有心赐给你,为什么你就没抓住呢?”

宝石之父

1889 年,在澳大利亚的白克里弗斯大荒漠,有一个猎人追逐着一只逃窜的袋鼠,正当他拔出弓箭欲捕杀时,突然被脚下一块石头绊倒。等他爬起来,那只袋鼠早逃之夭夭了。

猎人气急败坏,伸手抓起地下的石头,正准备扔得远远的,突然他惊叫了一声,原来他手中的石头,赫然是一块美丽的欧珀石。

消息传开以后,上这里淘宝石的人来了一拨又一拨,掀起了开采欧珀的热潮。谁知十多年过去了,没有人再碰上猎人的好运,更多的人是把失望留在了荒漠……

1914 年,一个叫威利的人带着一支寻宝队来了,其中还有一个小男孩,他是威利的儿子小威利。小家伙是偷偷地跟在后面来的,威利发现时,已经进入大荒漠了。威利只好留下儿子,其实,小威利对宝石并不感兴趣,他是想亲眼看一看所喜欢的鸵鸟、袋鼠……

安下营地的第二天,威利就带着大家早出晚归,在环境恶劣的大荒漠,他们顶着烈日,踏着荒沙,日复一日地四处寻找。结果,希望的宝石并未在他们的脚下出现。更让威利沮丧的是,随身携带的干粮、饮水却越来越少。一天早上,威利和大家出去找水,只留下小威利看守营地。

等到威利回来时,儿子不见了。威利忧虑万分,大家也马上到处寻找,可是,一直到晚上也没见到小威利的人影。

宝石没有找到,儿子却丢失了,威利心里十分悲伤。第三天早上,他正暗自流泪时,儿子突然疲惫不堪地回到营地,见父亲满脸怒气地盯着他,他先怯生生地叫了一声爸,然后,掏出一块蒙着泥灰的石头。威利正在气头上,接过后看也不看就扔在地上。

见父亲仍不息怒,要揍他,小家伙情急之下,又从口袋里掏出一块令人炫目的石头,大家围上来一见,都惊呆了!威利也惊住了,马上像意识到什么,拣起刚才被他扔掉的石头,剥掉上面的泥灰,仔细一看,正是人们千辛万苦所寻找的欧珀宝石啊!

小威利是怎么找到宝石的呢?原来那一天,有两只袋鼠光临营地,小威利十分好奇,就悄悄跟随着这两只袋鼠,想看看它们的家在啥地方。不料越走越远,进入一座几乎没有人来过的荒谷,两只袋鼠也不见了。好在小威利已经习惯了野外生活,趁天黑前,用携带的小弓箭捕到一只野兔,然后燃起一堆篝火,又找来一些石头当睡觉的避风墙。第二天早上醒来时，小威利吃惊地发现，他枕下的石头，竟然是一块闪闪烁烁的宝石。

听完儿子的讲述后，威利不禁抱着儿子亲吻，大家也兴奋地抬起小威利，一遍又一遍抛向天空。这一天，正是 1915 年 2 月 1 日。从此这一天，被澳大利亚定为该国的“宝石节”。

小威利也被誉为澳大利亚的“宝石之父”，而那一年，他还只是一个 11 岁的小男孩。

最珍贵的诚实

罗伊是一个珠宝商人，经常出外做生意。自从妻子死后，总是一个叫小弗朗的男孩，替他照看妻子留下的一只小狗。

小弗朗的爸爸弗朗以前也是做珠宝生意的，由于精明过度，老盘算人家，失去信誉破产了，干起修钟表的行当。这一天，弗朗见小弗朗又将珠宝商的宠物带回来，很生气，认为儿子傻帽，便呵斥：“等罗伊这次回来，一定要他付报酬，知道吗？”

十多天后，罗伊回来了，送给小弗朗一块像马铃薯大的水晶石，是他逛街时，从一个小摊位的盆里挑出来的。小弗朗很高兴，就拿着这块水晶石跑回家，递给正在替人修理手表的弗朗：“爸爸你看，罗伊大叔送给我的礼物，是他花 50 美元买的。”

谁知弗朗接过一看，大发脾气起来：“这是假水晶，阴沟边捡到的石头都比这玩意好，连 1 美元都不值。罗伊这家伙也太抠门了！”说完，他怒气冲冲地把水晶扔出了窗外。

晚饭以后，小弗朗悄悄跑到外面，又捡了回来。半夜里，小弗朗忽然被一种神秘的光亮晃醒，他坐了起来，并揉了下眼，发现床头桌上的水晶石通体透亮，发出乳白色的光芒，竟然在暗夜里美丽异常。

小弗朗吃惊地看了会儿，跳下床，跑到另一房间，将打着呼噜的爸爸推醒。当弗朗被儿子拉进小房间，看到桌上发出耀眼光芒的水晶石时，不禁惊愣住了，一双眼也陡然睁大了！

“爸爸，水晶石晚上会发光亮吗？”

弗朗马上找来一张报纸，凑到水晶石前看报上的字，竟然十分清楚。弗朗兴奋了起来，又用手使劲搓了几下，不料夜光更亮了！弗朗不禁惊喜若狂：“好儿子，快告诉爸爸，这宝贝你是从哪得来的？”

“爸爸，你不是说它是假水晶，被你扔出窗外吗？”见爸爸愣怔住了，小弗朗又疑惑不解地问：“爸爸，难道它不是水晶石吗？”

“什么水晶石？傻儿子，这是世上罕见的夜明珠！哈哈哈，明天我带上它到纽约鉴定一下……”

第二天早上，弗朗就去了纽约，下午才兴奋地回来。小弗朗得知，罗伊送给他的“礼物”，果然是一颗罕见的夜明珠。消息传开以后，马上就有几个买主找爸爸，有的愿出 100 万美元，有的愿出 500 万，有的甚至出到 800 万……

小弗朗心里不安起来，趁爸爸高兴喝酒之际，便将这块夜明珠拿到自己的手上：“爸爸，这颗夜明珠你不能换钱，应该还给罗伊大叔。”

“什么？把夜明珠还给罗伊？”弗朗吃惊地放下酒杯，瞪起眼，“你害怕那家伙到法院控告你吗，你不是偷来的，也不是抢来的，而是他甘愿送给你的，知道吗？”

“不,爸爸,罗伊大叔真心送给我的‘礼物’,应该是一块水晶石。如果你是罗伊大叔的话,会将如此珍贵的东西送给一个孩子吗?”

“那你想怎么样?”

“我要向罗伊大叔说清楚,把夜明珠还给他。”小弗朗飞快地跑了出去。

罗伊正在家里逗着爱犬,见小弗朗来了,便笑着问他:“喜欢大叔送给你的礼物吗?”小弗朗先把双手放在背后,认真地问:“罗伊大叔,你原来只想送我一块水晶石,对吗?”

见罗伊点点头,小弗朗从背后拿出夜明珠:“可大叔这次送我的礼物,却是一颗夜明珠,我现在还给你。我爸爸今天送到纽约鉴定了,而且,还有买主出很多的钱想买它。”

“什么?它是夜明珠?”罗伊一听惊怔住了,自己经营珠宝生意这多年,难道看走眼了不成?他马上掏出放大镜,仔细看了一遍后,又放进加热到100摄氏度的开水中,再取出这块水晶石时,意想不到的现象出现了,它通体透亮,发出一种耀眼光芒。罗伊点点头,感慨道:“果然是我看走了眼,它的确是一颗罕见的夜明珠啊!”

罗伊激动起来,抚摸了下小弗朗的头:“孩子,既然大叔已经送给了你,为什么你不留下呢?它会改变你们全家的命运啊!”

小弗朗却挺挺胸,露出天真无邪的表情,又把对爸爸所说的话重复了一遍:“既然大叔送给我的是水晶石,那么,这颗夜明珠就不属于我,应该还给大叔才对。”

小弗朗的诚实,让罗伊这个珠宝商人感慨万千,也流露出一种敬佩和赞赏的目光:“孩子,你的诚实比世上任何宝石都珍贵。以后你就跟着我干吧,我不会看走眼的,你将来会成为一名出色的珠宝商人。”

果然，很多年以后，小弗朗成了美国最著名的珠宝商人。

一口酒

在一座废弃的古老庄园，有个叫布朗的淘宝人，挖掘到了一坛酒，从酒坛上的泥封来看，至少有两三百年了。

这可是法国早期最名贵的白酒呀！

布朗心里高兴极了，马上把这坛酒抱回家。消息也很快传开了，不少有钱的人不惜想花重金求购，这些钱可以使布朗拥有轿车、小别墅等等。布朗却迟迟不肯出手，认为他在古老庄园挖掘到的这坛酒，其价值不亚于拿破仑皇冠上的那颗钻石，否则，他宁可把这坛酒当“古董”收藏，将来价格还会飙升。

一天，又来了个慕名上门的求购者。这是个中年乞丐，他告诉布朗说，他的父亲曾给他留下百万遗产，只因他嗜酒如命，家业都被他败光了！这个名叫卡瓦伦的乞丐还声称：这些年他跑遍了世界，所有国家的名酒美酒他都品尝了，唯独没有品尝到法国几百年前的白酒……

“布朗先生，我想我今天来的目的，你应该明白了。”乞丐卡瓦伦瞥了一眼布朗，掏出一块绸布包裹的东西，并小心翼翼地打开，原来是一枚耀眼夺目的钻石金戒。布朗不屑一顾，冷冷地问：“卡瓦伦先生，你是想拿这枚钻石金戒与我交换吗？”

“是的，”卡瓦伦露出渴望的表情，又摇了摇头：“不过我没有太多的奢望，哪怕能品尝一口，我也满足了，一生也就没有什么遗憾了。”

“什么，你就换一口酒？”

“不错，我想布朗先生一定不会拒绝，像这种生意一生中是很难碰到的，谁叫我是一个超级酒鬼呢。”

是呀，一枚钻石金戒仅只换一口酒，天下还真找不到这种便宜的事儿。布朗想到这里动心了，高兴地说：“行行，这笔生意成交了！”

布朗接过这枚钻石金戒，戴在手上后，接过卡瓦伦准备好的一只很小的瓶子，走进储藏室去了。少顷出来，把装有一口酒的小瓶递给了卡瓦伦，将这个脸上露出笑容的乞丐送了出来。

布朗并不知道，卡瓦伦得到瓶中这一口酒后，马上送进了化验室。原来他是一家小酿酒厂的老板。由于酒行业竞争激烈，卡瓦伦的厂子生意惨淡，债台高筑，正当他准备申请破产时，听到庄园掘出法国早期名酒的消息，他感到机会来了，为不引起布朗的注意，便化装成乞丐上门，并以超级酒鬼品尝的名义，用一枚钻石金戒换回了一口酒。对于精明的卡瓦伦来说，这一口酒，意味着他将获得一个古老的酿酒秘方，也将会救活他的厂子。

两年以后，一种叫拿破仑的白酒脱颖而出，该酒口感醇美，继承了法国古老的酿酒业传统，价格也不贵，很快打开了市场销路，风靡一时。布朗却追悔莫及，由于他一心想卖出个天价，但酒毕竟不是瓷器之类的古董，加上打开了泥封，日子一长，坛中的酒已变了味，一文不值了。

就这一口“酒”，改变了两者的命运，原本可以跻身富翁的布朗，又回到他以前的生活光景，卡瓦伦的厂子则起死回生，事业蒸蒸日上，也赚了个盆满钵满。

马达加斯加岛的金蜘蛛

有一年夏天,一个英国年轻人来到马达加斯加岛,准备购买一批丁香原料回去加工成香精。傍晚出外散步时,他被蜘蛛咬伤了。这种蜘蛛在当地常见,因吐出的丝是金黄色的,当地人称为"金蜘蛛"。

这个年轻人不由对金蜘蛛产生了浓厚的兴趣,也突发奇想,为什么不利用这种野生蜘蛛的资源,提取金丝进行加工,将它变成一种市场上没有过的蛛丝织品呢?

年轻人回国后,查阅了很多资料,贷了一笔钱又来到马达加斯加岛,邀请当地人与他合伙干,当地人却拒绝了,宁可种植丁香和其他农作物,效益快,也不愿跟他冒这种风险。当地人认为蜘蛛嘴里掏不出"黄金",也不可能掏出什么财富,这是傻瓜干的事儿。

年轻人毫不气馁,在岛上租下厂房,仿制出20多台提取蛛丝的机器,雇用了几十名当地工人干了起来。由于岛上的蜘蛛只能在雨季产丝,收集蜘蛛的工作必须集中在10月至次年6月间完成,一旦蛛丝抽完,蜘蛛被放回野外。而且,上万只蜘蛛只能提取约重10多克的"金丝",可想而知这是一项多么艰苦的工作。

一年、两年就这样过去了,年轻人并没有任何收益。当地人在背后嘲笑和议论:这个年轻老板是在"烧钱"。

第三年秋天,年轻人带着第一批饰有马达加斯加岛传统图案的蛛丝织品,出现在伦敦博览会上时,现场一下子轰动了!人们从来没有见过这种精美绝伦的手工丝织品，市场上也从来没有此货。其中，有一条长3.35米的手工丝质披肩，其丝来自100多万只马达加斯加岛的金蜘蛛，是迄今为止世界上唯一一块用自然蛛丝织成的纺织品。

仅这一条蛛丝披肩，年轻人就赚到上千万美元。

当地人也醒悟了过来，原来跟他们世代朝夕相处的金蜘蛛，才是他们取之不尽的资源、用之不竭的最大财富啊！

赚千年以前的钱

父亲没有给亨肖留下什么遗产，要有的话，也只有巴尔小镇上的那处古老的房屋。

亨肖从小就和母亲生活在伦敦，从来就没去过巴尔小镇。现在他继承了这份遗产，尽管他大学还没有毕业，但他不能不去看看。同时，他也想解开埋藏在心中的一个疑团：父亲为什么没有把那处古老的房屋卖出去？

这天，亨肖来到冷清的巴尔小镇，因父亲一直雇人看管，经常修缮，古屋还保存着原来的面貌。让亨肖感到吃惊的是，这处古老的房屋竟然是澡堂，有三个泡澡池、两间桑拿房和三间更衣室。而且，澡堂中曾有被漆过的石膏墙壁、装饰讲究的屋顶瓦片和安装于地板下的供暖系统。

看管人告诉亨肖说，这处古澡堂建于公元90年，是当时为古罗马士兵提供的沐浴场所，由当地人所修建，后来曾因山崩被埋在地下。十年前重被挖出后,被亨肖的父亲买下了,原以为能转手卖个好价钱,不料卖了多次都无人问津。所以,它也就一直保留了下来。

“想想也是,在这么一个偏僻的小镇上,买一个废弃千年的古澡堂,有什么用,值吗?”看管人说到这里,叹了一口气,又摇摇头走开了。

亨肖却兴奋了起来,年轻人的人眼光总是看得很远。以后的半个月,他往返于伦敦和巴尔镇之间,到博物馆查阅有关资料,请朋友们出主意,然后,雇来当地的一些工匠,将千年古澡堂彻底修葺了一番……

一切就绪以后,亨肖又亲自写了如下的一段广告词:

“巴尔是一个小镇,没有什么名胜,但却有一个对您开放的古罗马时代的古澡堂!”

广告上了电视以后,马上就有了效应,很多人抱着好奇心,开车来到巴尔小镇,领略千年古澡堂的风貌,享受休闲的乐趣时,泡泡澡。小镇也一下变得热闹起来了!

一个废弃千年的古澡堂,父亲屡次没有卖出去,却在亨肖的手上变成了一笔“财富”。

地窖的那一扇门

摩西家族曾经在英国显赫一时,等到马歇尔成为继承人时,只剩下一座破败的老庄园了。

不仅如此，父亲还给马歇尔留下了不少债务。他从法国回来料理父亲丧事的那天，老管家悲哀地告诉他，除了这座暮气沉沉的庄园、两只牧羊狗和十多只鸡还属于摩西家族外，昔日那个鼎盛的家族已经衰落了。

马歇尔也很痛苦、沮丧，但他很快又振作起来，让老管家帮他一起清理庄园，看看父亲究竟给他留下了什么财物。老管家摇着头，不停地唠叨道："孩子，摩西家族不可能有别的财富了，你父亲是一个败家子，总想到赌场上碰运气，值钱的东西早都被他变卖了！"

果然，马歇尔查找了几天，连一块旧时的银币都找不出来。

马歇尔仍不甘心，这天他走入一处爬满野藤的矮房，看了一下，发现有两扇通往地下的暗门，门上的铜环都长出了绿锈。这是摩西家族以前贮酒的地窖，从马歇尔的爷爷开始，就被废弃和遗忘了，也从来没有人打开和进去过。

马歇尔便打开了一扇门，举着马灯走了进去。

地窖内十分干燥，到处布满了尘埃和蛛网，堆放的皆是上世纪遗留下的各种杂物。马歇尔发现，左边墙角除了一排酒箱外，还有六个包裹严实的破旧布袋，他打开一看，原来布袋内包裹的是琴盒。此外，琴盒下还压着一张发黄的纸条，显然是摩西家族某一位前人留下的，上面写着：这六把小提琴，是我花3000英镑从一个意大利的年轻人手中买来的。我相信，这个年轻人制作的每一把小提琴，将来都极其珍贵、价值连城。

马歇尔呆了一下，轻轻拂去每只琴盒的灰尘，心也怦怦地狂跳起来，六只琴盒上都刻着一行小字：1710年—1725年，斯特拉底瓦里制。

斯氏可是世界上最著名的制琴家呀，如今一把1710年间斯氏制作的小提琴，可以卖到几百万美元啊！

马歇尔兴奋极了，在这个岁月尘封的地窖内，前人似乎专为他这个年轻的继承者积累了另一种“财富”——六把斯氏制的名琴。尤其让马歇尔惊叹的是，还在斯氏未成名之前，摩西家族的人就以独到的眼光，并用最低的价钱买下他精心制作的琴，让岁月来证实其珍贵和价值。

正是打开了地窖的那一扇门，已经衰落的摩西家族，在马歇尔手中很快又兴旺了起来。

玛尔干山的洞穴

在浩瀚的大沙漠，千百年来有这样一个传说，当年蒙古帝国运送无数金银财宝的车队，在穿越大沙漠时神秘地失踪了。

一股淘金热从此经久不衰。

恶劣的气候环境使大沙漠变得无比荒凉，天空看不到一只鸣叫的飞鸟，地下不见一眼清泉，只有来自各国的探险者们，或两三人结伴，或孤独地骑着骆驼，年复一年月复一月，为寻找蒙古帝国遗失的金银财宝，在炎炎烈日下艰难地跋涉。

玛尔干山是探险者们的必经之地，终年光秃秃的，只有一处被乱石遮掩的洞穴，可供人们休息和躲避风沙。

寻宝的道路太艰苦，到达沙漠孤岛玛尔干山后，许多人才发现，前方黄沙漫漫，要去的地方其实还很远，况且上百年来，只见沙漠掩盖的白骨，并没有人发现蒙古帝国的那批宝藏……极度的沮丧中，大多数人动摇了，成了失望者，并选择了回家之路。

也不知从什么时候开始，玛尔干山的这处洞穴变成了储存室，各种各样的杂物，琳琅满目，像野外拆叠的帐篷，必备的食品和水，指南针、胶卷、剃须刀，甚至还有打火机、风油精等等。显然，这些东西原属于失望者们的。洞穴壁上还凿有一行醒目的字："请把多余的物品留下，为后来者提供方便。"

是的，失望者们退却了，但是明天，或者后天一定还会有后来者，在他们前行的征途中，需要这些东西"补养"。因为一旦被风沙所困、或遇到什么意外——孤立无援的绝境之下，哪怕是一滴水，一星儿火光，都可能支撑一个生命顽强地站起来，朝着目标走下去。

玛尔干山这处洞穴壁上，还深深地凿着另一行字，更让人肃然起敬："既然自己没有成功，为什么不把希望留给别人呢？"

母亲的寻找

通古斯小镇地处荒漠边缘，只有一家已经开了多年的小旅店。

这天黄昏，旅店外面响起汽车的喇叭声。老板米勒看到从车上下来一位满头白发的瘦小老妇，另一人则是个四十岁左右的男子。米勒正准备上前寒暄几句，突然发现老妇是个盲人，手中的一根小锁链紧拴在男子的脖子上。老妇伤心地喃喃道："鲁卡，别怪妈妈心狠，欠下的债总是要还的。"男子连声应道："妈妈，我不会再逃了……”

米勒呆怔了一会儿，马上做了丰盛的晚餐，让伙计送到盲妇房间，自己则陪那个叫鲁卡的男子喝起酒来。“鲁卡先生，你母亲为什么要这样对你？”对方淡淡地笑了笑。

“既然您不愿说，我也不多问了。”米勒倒上酒，“你们明天去哪里？需要我帮助吗？”

鲁卡说：“我想打听去吉斯西图的路。听说那里很偏僻，不然的话，我今天也不会走错方向，带着这位老妇来这里住宿了。”

“什么，这位老妇？”米勒的心像被什么猛击了一下，他紧紧盯着鲁卡，惊愕地追问，“他不是你的母亲吗？”“不是，我和她非亲非故。”鲁卡只好道出实情：几天前，他送一个朋友从公司出来，朋友离开时喊了他的名字，被一个拄着手杖的老妇听到了，她浑身触电般一震，冲他喊起来：“鲁卡！你真的是鲁卡么？”没等他回答，老妇扔下手杖扑了上来，紧紧抓住他，悲愤交加地说：“你这个孽种，今天我终于找到你了，快跟我回去！”“老太太，放开我，你认错人了！”“不，我儿子的声音还听不出来吗？”鲁卡很生气，可是当他看到面前这个老妇是个盲人时，他怔住了，而老妇由于激动过度，突然昏倒，一只干瘦的手仍然紧拽着他的衣角。

“我赶紧把她送到医院。老人醒来后，一直紧紧抓着我。通过她伤心的责骂，我才知道，老人有个儿子也叫鲁卡，10 年前以做生意为名，骗了很多人的钱后不知去向。债主们决定一起去警局报案，她得知后流着泪央求大家：‘我明天就去找这个孽种，哪怕他躲到天边，我也要把他找回来，让他把钱一分不少地还给大家。’”

“为了寻找儿子，整整十年，老人一个又一个城市地找，过着流浪者的生活，不知吃了多少苦，双眼也失明了！我也是有母亲的人,这事我怎能忍心不管呢?”鲁卡说到这里,不禁流下了泪。米勒被震撼了,半晌,喃喃道:“为了这位可怜的母亲,你承认自己就是他儿子,并随他一起回去?”

“米勒先生,我这么做绝不是出于怜悯。”看着垂下头的米勒,鲁卡一脸正色地说,“知道吗?这位母亲在我心中像乞力马扎罗山一样高大!她让我明白了什么叫母爱如山,什么叫信念和毅力。不找到孽子绝不回头,只为了做人最简单的道理,欠下的债总是要还的。”

“先生,你是一个善良的人。”米勒唏嘘着用商量的口气说,“眼下正值风沙季节,到吉斯西图还有一段很远的路。要不这样,明天一早你就回去,留下这位老妇,我会好好照料她的。”鲁卡摇摇头:“我要亲自把老人送回去,了解一下她儿子的情况,希望能尽快找到。”

“都10年了,能找到吗?”“我想一定能!人心不是长不出绿草的荒漠,更不是冷酷的石头。”鲁卡笑笑,眼中充满自信,“如果他知道母亲为了他,背负着这笔道义之债,在这世上流浪了10年,他一定会为他的行为后悔!”“不错!”米勒哽咽起来,嗫嚅着说,“如果鲁卡那个混蛋知道,他一定会无地自容,也一定会自首的。”

第二天早上,鲁卡带着“母亲”继续上路,米勒也早早起来了,他没有再劝阻,只是在胸前画了个十字,目送着渐渐远去的车影。

就在鲁卡把“母亲”平安送到家的第三天,从当地警局传来消息,逃亡在外10年的真正的鲁卡带着一笔钱,主动投案自首了!他就是通古斯小镇的旅店老板米勒!

良知上面才是天堂

阿迪和女友坎娜到美国后才发现,美国街头的秋枫虽好看,其实与泰国的树一样长不出钞票来。他们又辗转来到费城。

阿迪想租个便宜的房子住,安顿下来再找工作,坎娜则仍梦想着天上掉馅饼,能意外地发笔横财。没想到,他们还真碰上了这种好运——有个叫泰郎的人在报上登出启事:在市郊外他不仅有农场,还有一幢小别墅,如果有人想居住,可找他面谈。

阿迪和坎娜来到郊外,农场的环境果然十分宜人:四周树木蓊郁,一幢沐浴在阳光里的古朴小别墅被绿水环绕着,空气中散发着花草的幽香,彩蝶、蜜蜂不时翩然飞舞,一切如在画中。坎娜兴奋地说:"这里简直就是天堂!"

泰郎是个满头华发的瘦弱老人,得知这对年轻情侣来自泰国,他马上露出了笑容。泰郎原是菲律宾人,40 年前随哥哥一起来美国淘金,哥哥病死在西部矿区后,他流落至此。这儿的主人原是鲍尔夫妇,已去世 30 多年了,泰郎只是受他们的委托,守护和料理他们遗留下的这些财产。

泰郎说,鲍尔夫妇生前十分善良,做过很多善事,他们留下农场和这幢小别墅,为的是帮助命运不济的人。但他们也有一个条件,就是每隔 20 年,他们财产的守护者要向肯什陵园汇一笔公墓管理费。鲍尔夫妇就葬在那座陵园,还有他们很小就夭折了的女儿。他们希望一家人躺在那儿永远不再分开。

“孩子，我必须向你们说清楚，这里的一切财产都属于鲍尔夫妇，我们没有继承权，只有料理权而已。”

“泰郎先生，”阿迪沉思了一下问，“既然你受委托帮鲍尔夫妇料理遗产这么多年，怎么现在——”

“傻瓜，这还不明白吗？”坎娜嗔怪地瞪了阿迪一眼，“泰郎先生现在老了，需要有人陪他说说话儿。”

“不，不，”泰郎摇起头，捂住胸口剧烈地咳了起来，原来他患了绝症，剩下的日子不多了。看着怔住的阿迪，泰郎又缓缓道，“糟糕的是，当年我曾对鲍尔夫妇承诺过，即使我不在世了，也一定会找个比我更合适的继任者。如果不这样，我的灵魂将永远得不到安宁——没有比这更可怕的了！”

“泰郎先生，您已经知道我们的情况了。我们在这无亲无故，而且也没有什么可以抵押。”阿迪难以启齿地说。

“你们无须任何人担保，也不需要什么抵押。”泰郎拿出一本《圣经》、一串锃亮的钥匙说，“这是鲍尔夫妇生前常读的《圣经》，只要你们把右手按在上面，庄重地起一个誓，就可以得到我手中这串别墅的钥匙了。”

“我们应该怎么起誓？”坎娜惊喜交加。

“很简单，承诺今后一生必须做到上述的一切。”

不料，阿迪刨根问底起来：“在我们之前，难道就没有别人来过或起誓遵守这个承诺？”

“有不少人来过，但最后又都走了。因为，他们觉得难以做到，也无法用一生来完成这个承诺。”泰郎看看阿迪，又言归正传地说，“好啦孩子，我想该是你们起誓的时候了。”

坎娜兴奋得满脸通红，马上把右手放在了《圣经》上，阿迪却显得踌躇不决。坎娜急了，催促道：“你还愣着干什么？快一

点呀!”

阿迪没理睬她,而是望着泰郎慈父般的脸以及他手中那一串钥匙。突然,他脸涨红了,下了决心似地摇了摇头:“泰郎先生,很抱歉,我不能起这个誓!”

“为什么?”

“就像之前来过的那些人一样,我觉得自己难以做到,无法用今后的一生来完成这个承诺。”阿迪稍顿了下,避开泰郎的目光,喃喃地说,“因为,我们是偷渡来美国的……”

说完,阿迪向老人深鞠了一躬,拉着坎娜快步离开了。

返回小旅店的途中,坎娜再也忍不住了,她满脸怒气地大声斥责阿迪:“你这个傻瓜,蠢猪! 为什么你要拒绝起誓? 那老头已经没几天活头儿了,他死后,那里的一切就属于我们了,我们不就踏进了天堂……”

“知道吗? 我们面对的是一双上帝的眼睛!”阿迪终于愤怒了,他盯着坎娜大声说,“良知告诉我,做不到的事,永远不要去承诺! 你……太让我失望了!”

第二天早上,坎娜睁开眼睛醒来,还想劝说阿迪改变主意,谁知阿迪已离开了……

悬崖上的小旅馆

离婚才一个月,工作多年的公司又解雇了他,雄田万念俱灰,想到了远离尘嚣的富士原始森林——每年,很多人就是在那儿自杀而找到了归宿。

这天，雄田来到当地小镇，雇了一辆出租车。司机叫吉野，可能是平时见惯了来这里自杀的人，他面无表情嘟囔道："前几天，我还送了一个东京来的……"

两个小时后，目的地到了。雄田一下车，立刻感到一股阴森之气从林中袭来，他抬了下头——林子上方可见一处陡峭的悬崖，那里隐约坐落着一幢白色的房子，一群白鸽带着哨音正朝白房子飞过去。

雄田问："那是什么？小别墅吗？"

吉野仍无表情："是家小旅馆。"

"小旅馆为什么要建在悬崖上呢？"

"如果你觉得这事有趣，自己登上去看看。"吉野稍顿了下，又声音冷漠地说，"到另一个世界去也不在乎这点儿时间，能满足下自己的好奇心或弄明白一件事，至少会减少一点儿痛苦和遗憾。"

吉野开车走了后，悬崖上那隐现的白房子，仍像云雾般让雄田感到迷离，真的是小旅馆吗，那片风景中还潜藏着什么呢？雄田犹豫了一下，最后还是耐不住好奇，沿着幽林中的羊肠小路向陡峭的悬崖攀登上去。

正午时分，雄田才到达悬崖上的白房子，人也几乎累瘫了。果然是个小旅馆，屋旁两棵溢香的樱花树正在怒放。老板是个中年女人，还有位老妇人据说是她母亲，另外一个则是喊她"妈妈"的小女孩。

雄田早已饥肠辘辘。在旅馆登记后，女老板把他带到厨房，原来凡是来小旅馆的游客，喜欢吃什么，就自己动手弄。雄田尴尬地站着，不知道怎么弄。女老板笑着说："雄田先生，你在家从没干过这些事儿,对吗?”

于是,女老板给他做了一碗荞麦面条,雄田觉得好吃极了!他想到离异的妻子—— 一起生活了10年,她不知给他做过多少碗美味的面条,可他一句感谢的话都没说过,有时还冲妻子大发脾气……

稍休息了会儿,雄田走出小旅馆,悬崖上本就无路可循,几条小径显然是靠人工一点点修整出来的,陡险的一侧还有铁索。小女孩正在赶偷食的鸟儿,原来,在岩石丛的凹处种有菜秧。雄田摇了摇头,因为凹处里只有一点点土壤。

“叔叔,您是担心长不出来吗?”小女孩冲他欢快地说,“妈妈说石头缝儿里能长出树和草,也能长出好吃的青菜。”她瞥了一眼在近处觅草的两只山羊,又得意地说,“我养的,明年这时候,母羊会生下许多小羊,我也能上学了。”

“是吗?”

小女孩点点头:“妈妈说了,要送我到最好的学校读书。她每个星期都会去看我——”

雄田的心像被什么猛蜇了下,想到上小学的儿子,尽管不在他身边了,但他答应过儿子每周六带他去动物园或去科技展览馆看机器人。今天正好是星期六,儿子一定很失望……

天慢慢地黑了下来,雄田回到客房时,老妇正将一桶热水吃力地倒入浴盆,还替他准备了一套睡衣。见他进来了,老妇只是慈祥地笑了下,蹒跚着走了出去。雄田的眼睛不禁湿了——母亲活着的时候,也是这样不声不响地照顾他,他已经很久没有感受到这种温暖了!他也已经知道,小旅馆平时所用的全靠从悬崖石缝中一点一滴渗下来的水,有时,两天也接不了一桶。

雄田一觉醒来时,已是翌日中午了。他走出小旅馆,登上一块突兀的岩石远眺：灿烂的阳光下，富士山无比巍峨壮观，绿色的林海苍茫无际，飘逸的雾气中，隐露着各种花姹紫嫣红，景色美丽极了。雄田心潮澎湃，突然，他发泄般迸发出一阵喊叫，激起的回音久久不息……

第三天早上，雄田已在下山的途中。他看到有两个失魂落魄的男子，显然不是一路的，正各自沿着不同路径，向悬崖上的小旅馆吃力地攀登。

雄田知道下山以后没有载他返城的出租车了——司机们将那些寻死的乘客送到林海，明知不可能再载到什么人返程就会立即返回了。

没想到，雄田刚走出森林，就见路旁停着载他来的那辆的士，像似专等候他回去。吉野那张冷漠的脸上，也布满了笑容，主动向他打招呼："雄田先生，你好，我们又相逢了！"

说着，他接过雄田手中的旅行包，"到过悬崖上小旅馆的人，有不少会重新走出这片森林的。"

"不错，"雄田感慨万千，忽然像想起什么，满脸狐疑地问，"您怎么知道我会从原路返回呢？"

"因为人生只有这条路。"司机吉野意味深长地说，望了下天空，一群鸽子在头顶盘旋了一阵后，又飞向悬崖上的小旅馆方向，撒下的哨声清脆而悠远。

雄田呆了一下，喃喃地说："我明白了，吉野先生，你与悬崖上小旅馆一定有什么关系，而且这几年来都是这样。"

"是的，您看到的那位老妇是我的母亲，另一个是我的姐姐，你看到的那个可爱小女孩其实是一个孤儿——我父亲、姐夫都是在这片森林自杀的，四年前，小女孩的父母也是在这儿结束了人生……"

吉野说到这里,看看陷入沉思的雄田,眼睛湿了,“人生就像攀悬崖,只要你登上去了,站在高处,会发现,美好的事物其实就在离你并不遥远的前方……”

“赶快上车吧,我再送你一程……”

妈妈的“贝利珠”

路易斯维尔宅区的草坪,多少年来,都是一个叫西卡茜的女人修整。每天清晨人们还在梦中未醒,她就开始弯着腰、清扫草坪丛中的杂物,也从来不使用机器——尽管发出的噪音很微弱,不会干扰人们的休息,但她害怕惊动草坪旁边树上还不会飞的小鸟。

路易斯维尔宅区的草坪也糟糕透了,不是东凹一小块,就是西秃一大块,有花的地方看不到彩蝶翩翩起舞,草坪中央的喷泉池没有欢游的鱼儿。自从西卡茜受聘接过这个活儿后,一切在她手中变了样:凹处植上了鲜嫩的草皮;秃处或有花的地方每天都见她勤于浇水,慢慢地,秃处冒出了一片绿茵、各种花儿也很快鲜活起来;彩蝶飞来了,蜜蜂飞来了,喷泉池有了许多欢游的鱼。闲暇时,西卡茜还用麻绳编织了几个鸟巢,安放在草坪旁的树上,鸟儿也有了温馨的暖窝。

西卡茜每天的工作看上去毫不起眼,甚至是一点一滴的小事,微不足道。但是,一个女人天天弯着腰干这种活儿并不轻松,其实很累,况且薪水很少,西卡茜凭的是她对这份工作的热爱和责任心。更能突现这个平凡女人高尚品德的是，在以后的 20 多年中，她在路易斯维尔宅区的这块草坪上，先后拾到 60 多根金项链、钻石戒指和钱包等等，她都主动送还失主。

而当失主执意要酬谢她时，她只是羞涩地笑笑，说："我儿子喜欢看书，如果有旧的，请送我一本吧。"

以前人们并不太关心西卡茜，熟悉以后才知道，她没有男人，带着一个孩子已经过了多年，生活十分拮据。大家也曾看见过那个孩子，瘦小不爱说话，西卡茜带着他来过几回，总是坐在草坪旁的树荫下，小手托着腮，认真地看着手中的旧书。而且为了孩子，西卡茜除了路易斯维尔宅区这份工作外，还在超市另找了一份打杂的活儿。于是，大家主动给西卡茜涨工资，每家每月多付一美元，这样她晚上就不用去超市辛苦了。西卡茜没有拒绝，她知道这并不是人们对她的施舍，而是对她辛勤劳动的一种肯定和回报。

25 年就这么过来了。

因为有西卡茜始终如一的辛劳，路易斯维尔宅区的草坪就像公园，一年四季绿草如茵，充满了鸟语花香。然而今年临近感恩节，西卡茜一个星期没有来了。这天早上，当一个陌生的年轻人，弯着腰像西卡茜一样精心修整草坪，一旁停着他开来的小车，很快有人认出了他，竟然是一家有名公司最年轻的总裁。

很快，大家也都知道了，他就是西卡茜的儿子，也就是很多年前所见到的那个坐在草坪树旁看旧书的小男孩。

有人就问年轻总裁："你妈妈西卡茜呢，怎么这么多天没见到她？"

"妈妈那天从这里回去后，说她头疼得厉害……送到医院没两个小时，她、就永远地走了。"年轻总裁的双眼很红。大家也都惊怔住了,一时陷入沉默,只听年轻总裁又说道:"妈妈说合同还有半个月到期,她不在了,我一定要顶替她完成。妈妈还特意嘱咐我说,那天检修下水道的工人很晚才来,草坪左边的那个下水道不知盖上盖子没有,晚上没有路灯,她担心发生什么意外——"

"孩子,"一个头发花白的老者打断他的话,神情伤感地说,"你妈妈是把路易斯维尔宅区的草坪当成她的家,这里的每株青草、每朵鲜花或每声鸟的欢叫声,都倾注着她的全部情感和爱……我们永远会怀念她的。"

"是的,妈妈这一生是为别人的快乐而活着。"年轻总裁的声音哽咽了起来,也无法掩盖他内心的感情,"妈妈临死之前,她才告诉了我的身世。"妈妈最后笑着说,"她这一生最得意的,是在路易斯维尔宅区的草坪捡到我这一颗'贝利珠'……"

聘个窃贼看家

诺斯先生以前出远门,总是将家委托给一个老人照看,今年老人死了,诺斯只好在当地一家报纸上登出聘人启事。

报纸登出的第二天早上,诺斯家的门铃响了,来人有 40 多岁,脸色有点苍白,看上去精神萎靡不振,头上还戴着一顶稍破的礼帽。

见诺斯打量着他,来人轻轻咳了一声,表情不太自然地说:"我是昨天晚上翻看报纸,无意中看到诺斯先生的聘人启事,早上就匆匆地来了。”

“我想我应该符合您的条件，”来人摘下头上的破礼帽，看了一眼庭院的花草，毫不掩饰自己对这份工作的渴求：“像修剪这些花草、盆景，如何伺候宠物，还有打扫房屋、疏通下水道和通风管道等活儿，我都会干得比别人出色。另外，我会修理门窗和各种电器，对于报警系统和保险柜也不陌生，维尔拉警察局的保险柜及贝托尔监狱的报警系统，就是经我之手修好的。”

“是吗？这太好了！”听完来人的这番自我介绍，诺斯显然很满意，点了点头，“你贵姓，应该怎么称呼？”

来人迟疑了下，嘶哑的声音也低了下来：“鲍斯尔。”

“鲍斯尔？”

“是的，想必诺斯先生和很多人一样，已经知道我的名字了，前几天报纸、电视上登过我的‘新闻’……”鲍斯尔看了眼诺斯，情绪低落了下来，喃喃地道，“今天，我是抱着碰碰运气的想法来的。”

“你怎么有这种想法呢？”诺斯是个很开朗的人，似乎一点都不介意，笑了笑道，“最近因为工作忙，我没有时间看报纸上的新闻，电视也坏了，你来了以后，先将电视修理好。”稍顿了一下，他又用主人的口气吩咐道：“就这样吧。我明天下午的飞机票，走之前，我将家中的钥匙交给你，另外还些事儿要叮嘱你一下。”

第二天下午，诺斯收拾好东西走之前，鲍斯尔来了，诺斯先将家中的一串钥匙交给他，然后将他带进自己的卧室，床前有一只老式保险柜。诺斯告诉鲍斯尔说：“柜里有500万现金，是一笔货款，如果有个叫罗伯托的先生来了，你取出这笔钱，交给他时不要多问，让他给一张收条就行了。”

走出卧室后，诺斯又将鲍斯尔带入一间堆放杂物的房子，打开左侧的一间密室，顿时令人眼花缭乱，心旌摇曳。原来，这是诺斯的收藏室，摆放着各种珍稀古董、艺术大师的油画和中国瓷器等等，价值少说有几千万。但是，若没有主人的指引，外人绝对不知道也不可能来这里。看着十分吃惊的鲍斯尔，诺斯笑了下，叮嘱地说：“这间房子安有自动调温器，不需要你天天照看，半个月来检查一次就行了。”

“诺斯先生，”鲍斯尔似乎忍不住了，“您以前出远门，也是这样交代所雇的人吗？”

“当然不是。以前的那位老人我很了解，我们是相互信任的朋友，根本用不着交代什么，他知道自己应该怎么做——”

“我明白了。”鲍斯尔呆怔了下，垂下了头。

诺斯就去了机场。

等到诺斯回来，已经是三个月之后，再过几天就是圣诞节了。

诺斯看到，庭院内的花草和盆景，该修剪的都修剪了，一派郁郁葱葱，下水道也早疏通了，两扇门窗也修理了。总之，在他走了以后，鲍斯尔确实干得很出色，将家里收拾得有条不紊，一切都井然有序。

诺斯找到鲍斯尔时，他正在收藏室专心安装着什么，而且，所有的藏品都像博物馆一样做了编号。见诺斯回来了，鲍斯尔高兴地对他说：“这里面的东西太珍贵了！我改装了下调温器，为防止盗贼光临，我还安置了一套监控报警系统……”

诺斯却马上打断：“拆掉它吧，这里不是警察局和监狱，我不需要。”

“为什么？”

见鲍斯尔愣住了，诺斯便淡然笑了一下：“你看到墙上那幅油画吗，它出自画坛巨匠凡·高之手，这么多年来，中间不知辗转了多少人。尽管它现在是属于我的,但不可能永远是我的,我仅仅是替后人保管而已。”

“虽然这些东西很珍贵,也很值钱。”诺斯又环视了室内,稍顿了一下:“对于窃取它的人更没有用,因为东西不是他的,最后会为自己的欲望付出代价。”

鲍斯尔的脸色一下变得苍白起来,嗫嚅地自语道:“我真是一头蠢猪,这么简单的道理,我以前怎么就不明白呢?”

这天晚饭后,诺斯拿出该付的薪金,递给鲍斯尔说:“对不起,这些日子让您辛苦了。”

鲍斯尔却没有接:“诺斯先生,我能问您一个问题吗?”

“什么问题?”

“难道您真的不知道我是一个什么样的人吗?”

“这很重要吗?”

“是的,对于一个刚从监狱释放出来,找工作四处碰壁的人来说,真的很重要。”鲍斯尔边说着,边掏出一张登有自己“新闻”的报纸,“这是我从您阅读后的报纸堆里发现的,电视也根本不需要修理。您显然知道我以前的种种劣行,用‘作恶多端’来形容一点不为过,可是为什么,你还要聘用我呢?而且,对我还充满了信任,”鲍斯尔的声音变得哽咽起来,“将保险柜交给我,将价值千万的艺术珍品交给我,可以说是将整个家都交给了我,难道您一点不担心,像我这种人会将这些东西席卷一空。诺斯先生,您为什么有如此胸襟,能告诉我吗。”

“你去过埃及的摩西神庙遗址吗?”诺斯露出友善的笑容,看着眼中泛出泪花的鲍斯尔,缓缓说道,“神庙门前竖有 7 块巨大的石碑,其中的一块刻有一行醒目的字,凡是看过的人无不对它肃然起敬。”

“什么字?”

“当你对自己诚实时,天下就没人能够欺骗你。”

墓碑旁的那只信箱

在一次大学校园枪击案中,耐克为了掩护老师和女同学,身上多处中弹,伤势十分严重,被警方送往医院抢救。

医生竭尽了全力,但是耐克的脉搏跳动得越来越微弱,一个鲜活的生命将被死神无情地夺走。耐克的母亲感觉天塌了下来,悲伤欲绝:18 年前丈夫弃她而走,如今,含辛茹苦养大的儿子又要离她远去了。

“回光返照”的那一刻,耐克终于醒了过来,头件事就是询问校园老师和同学们的安危,因为,他是刚当选的学生会主席。当他听说有个同学——需要换心脏才能活下去时,耐克吃力地对母亲说:“妈妈,把我的器官捐献出去吧,它对我已经不重要了,但需要它的人正等着。”

母亲忍着悲痛,点了点头:“孩子,还有什么……妈妈都会答应你的。”

“妈妈,”耐克又用极其微弱的声音说:“您知道吗,爸爸上个星期来找过我,他对过去伤害你的行为深感内疚和忏悔。您能原谅他吗? 我原想等大学毕业——有了工作后,让你们重新走在一起,因为,你们是给了我生命的两个最亲最爱的人。”

“孩子你别说了! 我,妈妈答应你。”母亲泣不成声,将儿子的一只手紧紧贴在她的脸颊上。“妈妈，请您原谅我，这也是儿子最后的请求，儿子死后，请您在儿子的墓碑旁安一个信箱。”

母亲终于再也无法抑制内心的感情，扑到儿子身上失声痛哭起来：“耐克，我的好儿子，你为什么……就没有想到你自己呀！”

“妈妈，到天堂的人一定很多，路途也一定很遥远。”耐克说到这里，目光渐渐涣散，手也变得冰凉起来，但他的脸上一直带着微笑，喃喃地说：“他们需要一个像我这样的‘信使’……”

21 岁的耐克就这样平静地走了。

耐克被葬在市郊一座陵园。按照儿子的遗嘱，母亲在他墓碑旁安了一只比水晶还透明的邮箱。从这一天开始，来陵园的人络绎不绝，有在校的老师、学生，有老年夫妇、初恋的情侣，不管认识或不认识的，他们都会在耐克的墓前献上一束鲜花，然后给“天堂信使”的信箱里投下一封封不同字迹的信，有的诉说人生的不幸和烦恼，有的则深情缅怀，还有的忏悔自己那一段不堪的岁月……

永远盛满信笺的透明信箱，四季风雨之中陪伴在墓碑主人的身旁。9 年过去了，“天使”信箱始终是陵园最让人难忘的风景。

9 年过去了，耐克的父亲也回到了妻子身边。他们每个星期总会来到儿子墓前，打开信箱，帮助儿子整理并回复这些信件。儿子耐克赢得了社会的尊重，同样，他们作为父母更要尊重每一封写给儿子的来信，关注徘徊于天堂与地狱之间的迷途者。这也是一种爱，一种不可缺少的社会责任。

爱的力量能唤醒社会，人们尊重的一定是那些值得他们怀念的人！

优昙婆罗花

这年，印度北部发生了严重的蝗虫灾害，大批灾民涌入邦迪拉城，沿街乞讨要饭，或者卖儿鬻女，景象十分凄惨。

能够拯救饥民的只有大富翁巴图老爷，只要他肯发善心，开仓赈粮，灾民们就有希望活命。但是，这位巴图老爷是个出了名的“吝啬鬼”，平时连门前的一棵草都不许别人拔走，也从来没有为穷人做过一件善事。

这次也不例外，看到大批灾民携儿带女涌入城，巴图老爷马上封了所有粮仓，并派人严加看守。这天，他又亲自去查看，不料走到一座粮仓的门口时，他看到一种从没见过的奇异之花，花茎细如金丝，花形犹如满月，雪白的花朵犹如雪，而且所散发的缕缕如芝似兰的幽香，扑鼻沁心。

更让巴图老爷感到惊讶不已的是，这种花竟然一丛丛长在青石上，恣意摇曳着它庄重的花朵，太神奇了，这究竟是一种什么样的花呢。

巴图老爷虽然名声不好，但他信佛，家中常有讲经的高僧。于是，他赶紧让人去请来一位高僧，这位高僧一看此花，马上双手合十，满脸虔诚地说：“阿弥陀佛，此花青白无俗艳，乃佛门极品之花，也被称为佛家花。”

“莫非是传说中的优昙婆罗花？”

“正是，此花传说三千年一开，实属罕见。”看着惊喜的巴图老爷，高僧露出恭敬之色，又道："此花只开在乐善好施，或前世积有阴德的人家。善哉，善哉。"

此事很快就在全城传开了，灾民们却神情悻悻，尤其是那些皈依佛门的信徒，认为佛祖没有长眼睛。穷人都快饿死了，为什么不惩罚像巴图老爷那样毫无同情心的人，相反，还让象征佛家慈悲为怀的优昙婆罗花长在他家里头，这世道太不公平了。

正当灾民们怨声载道，失望到极点的时候，突然听到街头有人在喊叫："大家快走呀，巴图老爷发善心，开仓赈粮啦！见者有份……大家快去呀！"灾民们一听马上高兴起来，心头的怨恨顷刻间也消失了，便纷纷朝巴图老爷家涌去。

因为优昙婆罗花，巴图老爷拯救了一方灾民。因为优昙婆罗花，也拯救了巴图老爷一家老小免于灭门之灾，原来，有一伙匪徒对巴图老爷的家财觊觎多年，准备趁火打劫，没料到巴图老爷散尽了家财。因为这个大富翁相信，传说中三千年一开的优昙婆罗花，只会开在"乐善好施或前世积有阴德的人家"，而且，这也足以让巴氏家族炫耀几辈子了。

巴图老爷并非是一个慈善家。但是，社会上常常让我们感动落泪的那些人，他们的行为绝非是偶然的，他们平时必定是将他们的人格、希望及仁爱，一点点渗入石头之中，天长日久开出的，人们所看的，不正是人间最温馨的优昙婆罗花吗。

落基山的牛仔

莫西尔23岁离开加州，就在西部的落基山脉当了牛仔，为农场主赶牛。他性格孤僻，寡言少语，没有人知道他的身世，他也从来不对任何人透露家人的情况。

在落基山脉当牛仔，是一件十分辛苦和危险的事，荒凉而崎岖的路途上，赶着几十头甚至上百头牛到人口稠密的东部，卖给屠宰场，通常要走十天半月时间。一路上，除了风餐露宿，夏季忍受气候的酷热和虫子叮咬、冬天忍受荒野的寒冷和饥饿外，还要随时提防小偷、劫匪的出没……

七年以后，也就是莫尔西30岁那年的一天，他在赶牛的途中，遭到几个汉子的"绑架"，被塞入一辆小轿车内，带回了加州一座花园式的豪宅里。

这座豪宅的主人，是莫西尔的姑妈，一个拥有亿万财产的女富豪。姑父很多年前就死了，也无儿无女。姑妈很喜欢莫尔西这个侄子，因为雷氏家族已经没有人了，想将亿万财产交给莫尔西打理，由他来继承雷氏家族的产业。不料，莫西尔拒绝了，并且在姑妈60岁生日后的第三天，他走出那座豪宅，离开了加州，去落基山脉当了牛仔……

七年多没有见面了，满脸富态的姑妈看到莫西尔面庞消瘦、黝黑，还戴着顶破旧的牛仔帽，既心疼又生气道："莫西尔，你真是越来越有出息了！放着加州富人的生活不过，跑去落基山当穷牛仔，替人赶牛的滋味好受吧？”

见莫西尔没吭声，姑妈又有些伤心地说：“孩子，别固执了！尽管你干出让姑妈很生气的事，但姑妈仍然没有改变主意，遗嘱也写好了。另外，你的年纪不小了，姑妈替你物色了一个漂亮的女子，他的父亲是金融界大亨。我将圣巴巴拉的海景别墅送给你，这是你出走的那年我花 840 多万美元买的，作为你结婚的礼物。”

“当然，这些是有条件的，姑妈希望你能回心转意——”

“不，姑妈！”莫西尔摇摇头，终于开口了，仍用当年的那种语气，“我不会接受您的这些，更不会继承雷氏家族的产业，永远也不会。”

“都七年了，难道落基山的烈日和风霜，仍不能让你放弃当年的固执吗？”姑妈的口气变得严厉起来。

“不错，”莫西尔直视着姑妈的目光，声音也提高了，“我 20 岁那年到南美洲旅游，得知雷氏家族的财富，并不是在那儿开办矿业，而是通过私贩军火，卖给当地的土著部落获取来时，我的心就一直痛苦不安，每天就像背负着一个沉重的十字架，而且经常做噩梦，耳旁也仿佛经常响着枪炮声，无辜者倒在血泊中的呻吟声……”

“更让我愤慨而痛苦的是，这么多年过去了！雷氏家族从来就没有想到反省、向那些受害者道歉、赔偿……雷氏家族的财富来得太肮脏了，充满了血腥味，我为美国有这样的家族感到耻辱！”

“我不会妥协的，”看着脸都气白的姑妈，莫西尔稍顿了一下，又用坚定的声音道：“你可以让人将我绑架回来，也可以用言语羞辱我，但我的心已经和落基山连在一起，宁可做那儿一棵卑微而贫瘠的草，甚至一滴水，因为那儿的草和水是干净的。”

“莫西尔，你太让我失望了！”姑妈用愤怒的目光盯着他，像是第一次认清这个倔强的侄子。她走到门口，捂着胸口又回过头，冷冷地道：“既然你拒绝继承雷氏家族的事业，认为雷氏家族的财富太肮脏，充满了血腥味，那你就走吧，回到落基山当你的牛仔吧，我永远不想再见到你……”

莫西尔又回到落基山脉当牛仔。

不幸的是，两年后的一天，在赶着几十头牛穿过一条窄小的山路时，莫西尔为拦住几头受惊乱跑的牛，从山崖上掉了下去，命捡了回来，一只腿却落下了残疾。

从那以后，莫西尔没再当牛仔，开始过起居无定所的流浪生活。

莫西尔 55 岁这年，姑妈病逝了，她将全部遗产捐给了慈善事业。但把圣巴巴拉的海景别墅，留给了莫西尔。

莫西尔却一天没去这座海景别墅住过，也从来没认为他是巴巴拉海景别墅的主人。

莫西尔仍然过着居无定所的流浪生活。落基山脉的冬季十分寒冷，5 年后的一个早上，在怀俄明州西南部的一处荒郊，人们发现了莫西尔的遗体，穿着破旧的牛仔裤，面容安详，没有半点痛苦神色，他是冻死的……

人生没有废头发

今年 56 岁的埃费尔，接到哈佛大学的来函，邀请他去这所著名学府讲鸟类学。

埃费尔并非什么知名教授，也不是鸟类学方面的专家，除了姆拉西镇的人外，根本就没有人知道埃费尔，他只是这地方的一名护林员。

消息传开以后，大家都来祝贺埃费尔，老镇长斯帕卡也满脸喜气来了，小镇多少年来还没有一个上哈佛大学的，埃费尔不仅要站在这所著名学府的讲台上，给老师和学生们讲课，而且还被授予“名誉教授”，这可是姆拉西镇的骄傲和光荣啊！

埃费尔本人也根本没有想到，他对老镇长说，自己受此殊荣心中有愧，因为，镇上有很多人都比他干得好，例如像退休女教师弗玛、兽医恩布莱等等，应该让他们站在哈佛大学的讲台上。老镇长摇了摇头，生气起来，说：“埃费尔先生，你年轻时曾是一个对自己缺乏自信的人，现在不同了，在属于自己的荣誉面前，你不应该这么谦虚。”

埃费尔的脸一下红了起来。是呀，年轻时他雄心勃勃，非哈佛、耶鲁等名牌大学不读，结果，屡考不中，遭到这一番挫折以后，埃费尔就对自己的人生失去了信心。特别是恋爱了几年的女友跟他分手之后，他更是心灰意懒，变成了一个缺乏自信的人，而且不到 30 岁的时候，他的头发也全变白了。

跟埃费尔同时代的年轻人，都像鸟儿一样从小镇飞了出去，都有了自己的事业和温馨的家庭。只有埃费尔一事无成，直到32岁那年，老护林员退休了，他才有了这份不起眼的工作，也成了家，老镇长把自己的一个堂侄女介绍给了他。

埃费尔开始与山林和山林的鸟儿朝夕相处。

那年夏季的一天，他巡视山林时无意之中发现，阳光的照耀下，枝头鸟儿所筑的暖巢掺有不少银白色的废头发。这让他十分吃惊。原来，埃费尔自30岁后，头发就像染了一样全部变成银白色的，浓密而柔软。奇怪的是，妻子每次帮他理毕，扫在院角的废头发很快就不见了。埃费尔并不在意，此刻他才明白了过来，是鸟儿将他的废头发一根根衔到林中来了，筑了它们舒适的暖巢。

鸟儿竟然对自己的头发"情有独钟"，埃费尔高兴极了，这不经意间的"发现"，对他无疑是一种莫大的鼓舞！从那以后，埃费尔仿佛变了一个人，他买了很多有关书籍，刻苦自学和钻研鸟的这门学问，为了掌握各种鸟的生活习性，他经常一个人蹲在山林中，用望远镜细心观察，甚至用镜头记录下来，作为资料保存的日记就有100多本。

鸟儿成了埃费尔的生活全部，而且，他还多了一份义务，向镇上居民和孩子宣传爱鸟的知识。以前镇上的人对一些鸟儿有偏见，认为它们损坏庄稼，甚至凶狠啄伤人等等。埃费尔则通过自己所拍下的珍贵镜头，向大家展示鸟儿情感世界的另一面：一只灰喜鹊死了，它的几个伙伴站在旁边，一只悲伤地走近它，用嘴巴轻轻地啄它，另一只也用这种方式表示"哀悼"。接着一只飞走了，它嘴里衔着一根草飞回来，把草轻轻地放在死去的伙伴旁边。其他的也马上衔来草，编织成一个小小的"花圈"。最后，在尸体旁边"默哀"一会儿后，才一个接一个地飞走……

埃费尔的家也成了鸟儿的“救护站”。每年十月到十二月份，大批候鸟从北方迁徙来的时候，埃费尔更是忙碌，早出晚归，除了细心观察候鸟的生活习性外，还将一些不能飞动的病弱、受伤的鸟儿带回来，悉心喂养，直到最后一只痊愈的鸟儿飞向蓝天。鸟儿的欢叫声也让埃费尔忘记了劳累，他的内心每天都充满了快乐！

20 多年过去了，在埃费尔的努力和呵护下，姆拉西镇成了鸟的乐园，就连一些濒临灭绝的鸟儿也飞来落户了。

“镇长先生，说真的，”埃费尔回想到这里，从头上拔下一根银灿灿的发丝，不禁感慨万千，神情也变得凝重起来，“鸟儿们喜欢用我的头发筑巢，不仅让我重新找回了信心与事业，也打开了我心灵的天窗，只要我努力了，奋斗了，人生就没有废头发，一定有它的用途和价值。”

“埃费尔先生，你说得太好了！”老镇长露出笑容，并意味深长地说：“我想不用我再多做解释了，这就是你为什么能登上哈佛大学讲台的最好答案！”

温暖心灵的灯泡

艾伦女士是英国一名妇产科医生。如今她 75 岁了，仍然过着独身生活，也没有什么亲人了，伴随她的是一只电灯泡。虽然，像这种产于第二次世界大战的 40 瓦特的普通电灯泡在英国早就淘汰，生产它的厂家很多年前就倒闭了，但是，这只灯泡却仍神奇地“亮”着，像太阳一样温暖和折射艾伦女士的一生。

艾伦9岁那年，也就是她父亲病死的1943年，她和怀孕的母亲还未从悲痛之中清醒过来，伦敦就遭到了德军战机的疯狂轰炸，她和母亲整天躲在地下室里，由于没有光亮，像地狱一样黑暗。这天，防空警报刚解除，母亲便上街头的小商店，花了一个便士买了这只40瓦特的电灯泡。地下室便有了温馨的光亮。

第二年3月，德军的疯狂轰炸仍在继续。这天傍晚时分，艾伦的母亲分娩了。摇晃而微弱的灯光下，看着母亲那种孤立无助、头上冒着豆大汗珠的痛苦表情，地面响着一阵阵刺耳的猛烈爆炸声，艾伦幼小的心也跟着颤抖不停，一双惊悸的小眼中充满了恐惧。不幸的是，母亲生下的男婴当晚就夭折了。

这给艾伦的心灵带来巨大创伤和阴影。战争结束以后，由于房子成了一片废墟，母亲带着艾伦迁到伦敦郊外居住，这只与她们一样幸免于难的电灯泡，被安在卧室里。艾伦上了小学，每天晚上在灯光下读书、做功课，母亲也经常用这只电灯泡打比方，鼓励她说：“艾伦你要记住，只要是电灯泡，它总会亮的，在选择将来的人生道路上，你一定要有电灯泡的信念。”

艾伦19岁那年，以优异的成绩考上医学院，选择了成为一名妇产科医生。让母亲感到伤心和遗憾的是，已经出落得高挑而漂亮的女儿，从来不考虑自己的婚姻，尽管有很多男人追求她，有的狂热者每天送一朵鲜花到艾伦工作的医院，却仍然打动不了艾伦心。原来，残酷的战争已经给她的心灵造成了不可磨灭的伤痕，尤其是母亲在地下室痛苦分娩的那一幕，就像可怕的梦魇，总是让艾伦不寒而栗，始终无法忘记！她不想结婚，害怕生孩子，所以选择了学医——当一名妇产科医生，要用自己精湛的医术，为这个世上像妈妈一样的苦难妇女解除痛苦，帮助像弟弟一样的儿童快乐地活在这个世界上。

艾伦 38 岁的这年，母亲不幸病逝了，只给她留下了这只电灯泡。艾伦心里充满了悲伤，因为在这个世上她再没有至亲的人了。那天晚上，回到自己的住处后，艾伦试着将这只电灯泡安上，竟然还能“亮”，近 30 年了，仍然放射出柔和的光芒。

这只灯泡也成了艾伦的“珍藏”。从那以后，每当工作上遇到困难和挫折、感到心力交瘁的时候，艾伦总会点亮它，让自己的思绪飞得很远很远，既是一种怀念，也是化为力量的激励，虽然她没有温馨的家庭，没有喊她“妈妈”的孩子，但她心里装有仁爱，装有这个世上无数的苦难母亲和孩子。

艾伦痛恨战争，更是一名坚定的反战者。在以后的 30 多年中，她携带着自费购买的药品及一些医疗器材，涉足过世界很多有战争硝烟的地方，像巴勒斯坦、伊拉克，尤其是长期处于战乱之中的非洲，实行人道主义救助。有一次在卢旺达，两个部落之间发生了战争，激烈的枪炮声中，艾伦为抢救一名难产孕妇和几名受伤的儿童，马上与助手搭起临时帐篷。正当手术进行时，突然，几个持枪者凶狠地闯了进来，艾伦从容不迫，连头都没抬一下，继续做着她的手术。见没有他们要抓的成年人，艾伦又是一名国际红十字会派来的救援医生时，这几个持枪者才悻悻走开。然而，孕妇却没有脱离险情，剖腹产后需要输血，艾伦就让助手抽她的血，然后又一点一滴地输进孕妇的体内，一直到孕妇脸上有了红润。

虽然孕妇和孩子得救了！但艾伦的心情无比沉重，因为战争的残酷和血腥，当年曾给她幼小的心灵留下巨大的创伤与阴影，而几十年后的今天，战争又屡屡不断，给这些国家的妇女儿童带来深重灾难，这个世界何时才有太平之日啊！

艾伦还热衷社会上的各种公益活动,捐助慈善事业,经常去看望孤儿院的孩子。一直到70岁以后,艾伦才感到她老了,手脚不太方便了,但她拒绝进养老院,仍然独自居住伦敦郊外的旧公寓里。

不幸的是,艾伦过完75岁最后的一个圣诞节,因上街受了风寒,患上了心力衰竭等疾病,她的生命走到了尽头。

得知艾伦老人生命垂危的消息后,很多人都从不同的国度赶来了,他们都是艾伦接生到这个世界来的,有的甚至是靠轮椅支撑的残疾人。艾伦临终那一刻,房子黑黑的,人们看到她睁开的眼睛似乎寻找着什么,马上会意了,从她的枕边拿起这只电灯泡,然后小心翼翼地安上,灯泡一下亮了,望着明亮的灯光,围在她身旁的无数孩子般的眼睛,艾伦祥和的脸上露出了与往常一样的笑容,然后合上了她的眼睛。

也正是这瞬间,电灯泡突然闪了几下,熄灭了,伴随着老人完成了它的使命。

"亮"了65年的神奇电灯泡虽然不亮了,但是,在艾伦老人的墓碑上却刻着一行感人至深的碑文:"电灯泡在照亮自己的同时,更多的是给了这个世界上无数苦难妇女和儿童希望、温暖和光明!"

帝王蝶

娅尔默很小的时候，爸爸就死了，留下一个不大的农庄园。生活的重担压在了妈妈肩上，娅尔默虽然有兄妹四个，但最大的哥哥才10岁，根本就不能帮助妈妈干什么，全家日子过得十分艰难。

这年夏季的一天，两个哥哥带着娅尔默爬到农庄园的后山上。每年的夏季，当绿绿的乳汁草大片覆盖后山时，就有很多帝王蝶飞到这里栖息，这种蝴蝶全身橙色或黑色花纹相间，到处都是它们翩翩起舞的美丽身影，景象壮观极了！忽然，传来姐姐的喊叫声，原来，去渥太华的妈妈回来了！

娅尔默和两个哥哥赶紧回家，一跑进门，就见家里多了一个陌生男人，身材不高，戴着旧毡帽，除背在肩头的手风琴外，还有装在旅行包的一些礼物。妈妈脸上也有了红润，对四个儿女说："来认识一下，这是洛斯先生，我以前的大学同学，也是你们父亲生前的朋友……你们以后就叫爸爸吧！"

四个孩子相互望了一眼，既没有接受这个男人所送的礼物，也没有谁叫他爸爸。继父洛斯并不介意，笑了笑："以前读大学时，我就曾追求过你们的妈妈。这一次渥太华同学聚会，也是我首先向她求婚——"

见四个孩子冷漠地盯着他，继父洛斯稍顿了一下，声音也变得沉重起来："眼下正是给庄稼浇灌的季节，糟糕的是，这里的禾

苗有不少枯黄了,还患了虫害,还有很多土地已经荒废。这些活儿,总是需要一个男人来料理的,就让我来完成这个任务吧。"

以后半个多月,在四个孩子的注视下,继父洛斯做了很多的事儿,田间地头的喷水泵修好了,家里的壁炉修好了,并劈了很多的柴火,整齐地堆在院墙角。马厩和羊圈也修好了,晚上再刮风下雨,妈妈就不用打着电筒寻找跑走的小羊羔了。

继父洛斯似乎一点儿也不感到疲倦,每天晚上,他快乐地拉起手风琴,充满了一种异国情调,好听极了。四个孩子也从妈妈口里知道,继父洛斯是墨西哥人,乐观向上,而且为人极和善,同学们有什么困难,只要他知道了都会尽力帮助。最让妈妈感动的是,这么多年过去了,洛斯仍然深爱着她,过着独身生活,这次为跟随她来农庄园,放弃了舒适的工作。

夏天很快就要过去了。一天,两个哥哥又带着娅尔默来到后山玩耍,发现栖息一个夏季的美丽精灵,开始成群结队向南翩翩飞行。娅尔默睁大眼看着,好奇地问两个哥哥:"这里不是它们的家吗,它们要飞到什么地方去?"

正当两个哥哥摇头时,忽响起继父洛斯的声音,"这里也是帝王蝶的家。不过到了冬天,由于气候寒冷,没有足够的乳汁草供它们生活,所以必须赶在秋天来到之前,迁徙一万多公里,重新返回祖辈居住的墨西哥去。"

"什么,一万多公里?"娅尔默更感到好奇了,"帝王蝶飞行这么远的路,是靠着它们一双弱小的翅膀吗?"

"是的。"继父洛斯抚摸了下她的头,又看看娅尔默的两个哥哥,神情变得郑重起来,"据我所知,它们中没有一只能完成漫长的迁徙,而是在途中繁殖二代生命,由后面的子孙像接力一样来完成如此壮举的。"

“这是真的吗?”娅尔默幼小的心灵仿佛受到震撼,“它们的子孙是怎么找到墨西哥那个家的,难道从来就没有迷失方向吗?”

这一下可问住了继父洛斯,他摇了摇头,又拍打了下手中的旧毡帽,带着诙谐的口气说:“这个问题问得太好了,有兴趣才有探索,将来就请我们的娅尔默来破译帝王蝶……该回家了,妈妈正等着我们吃午饭。”

成千上万只帝王蝶飞走了。沉甸甸的秋天来了,这天早上,一阵轰鸣的收割机劳作的声音,打破了农庄园的许久沉默,欢快而悦耳!娅尔默和姐姐再也忍不住了,首先跑了出去,接着,两个哥哥也跑了出来……

继父洛斯终于以他的为人和勤劳,赢得了四个孩子的信任。

不幸的是,两年后娅尔默的母亲病逝了。继父洛斯十分悲伤,一下变得苍老了许多。他每天起得很早,像一台机器不停地拼命干活,晚上,也听不到熟悉的手风琴声了,他要督促和辅导四个孩子的学习,到马厩给马喂草料、检查一下羊圈。尤其是寒冷的冬夜,他害怕四个孩子睡觉着凉,在房间烧上一盆暖烘烘的炭火,夜深的时候,还会悄悄地走进来,把露在外面的胳膊或手轻轻塞入被褥……这些,以前都是妈妈的事儿,继父洛斯是将阳光和爱,一点点渗透到四个与他没有任何血缘关系的孩子心灵之中。

四个孩子也变得懂事了,看着继父洛斯一天天消瘦的身影,他们心里很难过,两个哥哥就想放弃学业,帮忙继父洛斯料理农庄园。继父知道后十分生气,这天,他特意把四个孩子带到后山上,看着飞舞于乳汁草丛中的帝王蝶,深沉地说:“孩子们,帝王蝶的伟大之处,就在于它们有坚定的信念,不管遇到多大艰难险阻,永远不会选择放弃,即使飞不到目的地,也要将生命留在征途上……”

看看低下头的四个孩子，继父洛斯稍顿了下，“人生其实也是迁徙。爸爸不希望你们目光短浅，一生碌碌无为，在将来的人生道路上，爸爸希望你们都能成为帝王蝶，有着一双远大的翅膀，飞向你们向往的地方。”

正是在继父洛斯的激励下，两个哥哥和姐姐像迁徙的帝王蝶一样先后飞了出去，大哥成了渥太华大学的教授，二哥进了纽约金融界，姐姐则选择了医生为职业。娅尔默也长大了，这一年，她报考了英国牛津大学，对继父洛斯说：“爸爸，我从小就对帝王蝶情有独钟，尤其是对它们万里迁徙而从不迷失方向深感兴趣，我想当一名生物学家，希望将来有一天能解开这里面的奥秘。”

继父洛斯眼中最后一只美丽的帝王蝶也要飞走了！那一天，他送了小女儿很远很远，沉默中一句话没说，微风拂动他满头的白发。娅尔默以为继父洛斯是伤感过度，因为她走后，农庄园就剩下孤独的继父一个人了。但娅尔默万万没想到，继父洛斯因长年劳累成疾，已患了不治之症……

时光荏苒，继父洛斯去世10年了。

这年的夏末，娅尔默兄妹四个都回来了，带着家人和孩子，肃立在继父洛斯的坟前，凝望着冲向蓝天向南飞去的帝王蝶，他们都流下了泪，娅尔默抽泣着说：“爸爸，您的女儿已经破译了帝王蝶万里迁徙导向的奥秘，在每年漫长的迁徙之中，它们是靠特殊的触须作为全球定位的，在不迷失方向的同时，感知这个世界的春和夏，阳光和风雨，以及人世间的温暖与寒冷。”

接着，她又献上手中的一束鲜花，深情地喃喃地说：“爸爸，您的教诲是对的，帝王蝶繁衍的生命是坚强的，都有一双远大的翅膀。但是千百年以来，它们用生命所承载的这种亲情，并不是靠三代四代完成的，而是经历过无数代……”

高加索的麦穗

那年四月，谢瓦里夫为反对有污染的工厂在巴图姆镇投建，与镇上的人一起拒绝搬迁，被抓去关了两个多月。

等到谢瓦里夫被释放时，地里的麦子由青泛黄，沉甸甸的，风一吹就像金色的波浪一片一片地起伏，再有几天就可以驾驶收割机收割了。谢瓦里夫心里充满了喜悦，因为在镇民们的强烈抵制下，有污染的工厂被迫另移别处投建了，他可以像往年一样安心收割地头的麦子，享受丰收带来的快乐。

不料收割的这天，镇上忽然来了几个“不速之客”，拿着微型探测器，镇里镇外、河边或地头麦田探测了一番后，挡下谢瓦里夫的收割机，劝告他说，不要收割了，这地方的环境和河水，以及麦子全部受到污染，连牲口都不能喂养了。

“什么，这地方的河水和麦子受到污染，连牲口都不能喂养……什么污染这么严重?”谢瓦里夫根本就不相信，用嘲笑的眼光看着他们。

“大叔，你知道切尔诺贝利核电站吗?”一个戴眼镜的年轻人开口了，他是这个调查组的组长，叫比亚波夫。

“当然知道，当年建那个核电站时，政府说以后用电价钱会下降，结果电费还涨了。”看着神色严峻的比亚波夫，谢瓦里夫揩了下脸上的汗，又漫不经心地问道，“那个核电站怎么了?”

“一个月前，核电站发生核泄漏事件，”比亚波夫看看围拢过来的镇民们，心情既复杂又沉重地道："我只能告诉大家，由于地理、风向及河流的关系，这地方被严重核污染了！总之，你们最好离开这地方，搬迁到别的地方生活。"

谢瓦里夫听着差点笑了起来，"比亚波夫先生，这怎么可能，小镇离出事的核电站远距几百公里，坐车要一天多时间，如果污染真有这么严重，为什么天空看不到一丝飘浮的黑烟，河水没有刺鼻的异味，麦穗仍然像从前一样颗粒饱满呢？"

比亚波夫的脸涨红了，没等他做出解释，谢瓦里夫又继续嘲笑道："虽然我不懂什么核泄漏，但你们之行的目的我已经知道了，你们是为此地那些官员当'说客'的，他们为了自己的利益，什么事儿都干得出来。"

在场的镇民们也都笑了起来，他们和谢瓦里夫的想法一样，出事的核电站离这儿远隔几百公里，情况真有这么严重的话，政府为什么不在第一时间发布消息？这一定是当地官员使的"花招"，见大家反对他们在镇上建有污染的厂子，让这几个人装扮成什么国家核事故调查小组来吓唬……

谢瓦里夫不相信，镇民们也不相信，仍然忙碌着收割地头的麦子。

这天傍晚，在离开巴图姆镇时，比亚波夫找到谢瓦里夫家中："大叔，有很多情况我不便于说，也不能说。但是你一定要听从我的劝告，切尔诺贝利核电站泄漏事件，将比战争造成的后果还可怕，它不仅会带来很多死亡，还会带来各种致命的疾病，高加索已经没有天堂了！你要尽快地和大家一起搬迁和离开这地方。"

看着不作声的谢瓦里夫，比亚波夫稍顿了一下："听说半月前，镇长全家以及一些有钱的人都离开了巴图姆镇？"

"不错，镇长全家移民去了美国，有钱的人去了莫斯科或别的城市。”谢瓦里夫皱了下眉，无奈中叹出一口气：“如果情况真像你说得这么可怕，镇上大多数人世代居住在这地方，靠种麦子为生，又能搬迁到何处？”

这时外面响起喇叭声，比亚波夫要走了，匆忙中他留下了通讯地址，对谢瓦里夫说，大叔有什么需要我帮忙的话，及时向我联系。

25 年就这样过去了。

比亚波夫也几乎忘记了谢瓦里夫。这天他到单位上班，传达室有一件从巴图姆镇寄给他的包裹，里面没有什么，就一口小木盒，盒内装有一束金黄的麦穗，另外还有一封几页长的信，再看写信人的名字，比亚波夫才猛然记起来，是谢瓦里夫寄给他的：

亲爱的比亚波夫先生：

当你收到我从高加索给你寄来的麦穗时，我也许不在世了，都是当年那场该死的核泄漏事件，夺去了我妻子和小儿子的生命，而核污染所带来的疾病，在我体内潜伏 25 年也复发了！医生说我活不到麦收……

比亚波夫看到这里，心里不禁一阵战栗，因为谢瓦里夫还在信中悲哀地讲述，核事故调查小组走后没多久，镇上的大小牲禽像是得了瘟疫陆续死去，天空也不时坠下大白鹭、灰蓝山雀等死鸟，各种可怕的怪病也蔓延开了！尤其是白血病，造成很多人痛苦死去，他的妻子和小儿子就是死于这种疾病。环境被污染了，河水和田地被污染了，以前每年种的麦子出口，如今白送都没人要，也不敢喂养牲口，眼睁睁地看着烂在地头。

让比亚波夫感到更心酸的，是谢瓦里夫信中最后的一段话：“25 年了，可怕的灾难也许结束了，我看到许多黑鹳和白尾雕又飞了回来，发出欢快的叫声！河里也有了成群的野鸭。一定是巴图姆镇的环境得到了自然改善。所以，我抢在死神之前播下麦种，没想到长得这么好，我想你一定会与我分享这份喜悦的。”

看着盒内黄灿灿的麦穗，比亚波夫再也抑制不住了，泪水夺眶而出，痛楚中嗫嚅地道：“大叔，核污染带来的疾病在你体内潜伏了25年，但你知道吗，要想完全消除环境和土壤的核污染以及所造成的深重灾害，至少需要100年时间啊！”

1800万年的天堂

这个地球上，再也找不到比索特拉岛更圣洁、更充满神奇的地方了，它与大陆板块已经隔绝了1800万年。

亿万富翁罗德陪同爱妻卡伦贝登上岛，看到了数不胜数的奇特植物，姹紫嫣红：无花果生长在灰岩石上，根本不需要土壤；成片的玫瑰树有着像橡胶一样发亮的树皮；还有各种可用作药用和化妆品的芦荟等等。特别是见到那棵高大的状似蘑菇、被当地土著称为“龙血树”时，罗德按捺不住心头的惊喜，长吁一口气：“爱妻终于有救了！”

7年前，卡伦贝患上了一种奇特的怪病，没有一家医院能治好，连患的什么病都查不出来。罗德十分痛苦，他们夫妇一直情深意笃，相濡以沫，才成就今天的这番事业。所以，他仍然不放弃，带着爱妻到处求医，最后辗转到美国一所著名的医院，期望能有奇迹出现。马库斯医生诊断后，告诉他说：“罗德先生，要想治好你妻子的病，除非你能找到一种神奇的植物。”

“什么神奇植物?”

“你知道印度洋的比索特拉岛吗?”马库斯医生稍顿了一下,“那岛上生长着一种龙血树,由于它能产生深红色的液体,被当地土著奉为‘龙的血液’……”

“你的意思是从这种树上采下它的血液,然后提炼成药物,就能治好我妻子的病?”

“不错。”马库斯医生看看他,“不过,我要告诉罗德先生,那个地方从不对外开放,与大陆板块已经隔绝了 1800 万年,是人类最后的一块‘禁区’。听说那儿的土著很野蛮,凡是去的人都受到不友好的对待。”

“为了我妻子的生命,”罗德马上表示说,“我将不惜任何代价,一定要登上比索特拉岛,亲手采到‘龙血。’”

以后的一年多中,这个亿万富翁耗了几百万美元,终于如愿以偿,获得到比索特拉岛的机会。

不料,此行动让饱受病魔折磨的卡伦贝知道了,执意要一起去,看看 1800 万年的“天堂”,即使是死也心满意足。罗德无奈之下,只好让人替她做了一辆特制的轮椅,带上大批随从和保镖,乘坐游艇,登上了比索特拉岛。

就在他们夫妻登上岛的同时,许多土著也闻讯赶来,团团护住“龙血树”,不许他们破坏,并让他们马上离开。罗德让手下打开一个密码箱,里面装的全是美金。他对年长的酋长说:“这是 500 万美元,只要你们让开,全都是你们的。”见酋长摇摇头,罗德以为对方嫌少了,让人打开第二个密码箱,“那好,我再加 500 万。”

酋长又摇了摇头,直到罗德令人打开第三个密码箱时,才冷冷地说:“先生,你的这些钱在这儿没有用。”

“什么,美元在这儿没用?”

“不错。”酋长从腰间取出一枚色彩斑斓的贝壳,“看到了吗?这是大海给我们的最好钱币,所以你用再多的美元交换也没有用。”

罗德呆了一下:“难道不能通融一下吗?”

“没有什么可通融的,你们必须马上离开。”酋长稍顿了下,看看站立罗德身后虎视眈眈的随从和保镖,声音变得愤然起来,由于外来者的屡屡入侵,岛上特有的八百多种植物已经消失了三分之一,有的被破坏殆尽,并受到了气候变暖的威胁,如今岛上仅只存下这一棵龙血树,没有自然生长的幼苗了。

“酋长先生,”罗德看了一眼轮椅上的爱妻,耐着性子说,“这是我的妻子,她患了一种奇怪的病,已经7年了,需要提取龙血树的血液医治,我这也是迫不得已。”

“龙血树也是地球上的生命,你们提取它的血液,它也就完了。”酋长毫不妥协,声音更高了,“先生,这个世界没有不死的人,这是大自然的规律,你们还有后代,可是龙血树没有了,就这么一棵了,我们决不能让它遭受灭绝的厄运。”

罗德恼羞成怒:“我的忍耐是有限的,现在我最后问一句,你们答应还是不答应?”

保镖们一下子把枪推上膛。

气氛一下变得紧张起来。酋长嘬了声哨,守护在龙血树周围的土著也拉开弓箭,正当场上局势一触即发时,卡伦贝突然喊叫了一声,让双方住手,然后让罗德将她坐的轮椅推到一边,劝说了一番,让丈夫带着众人马上离开。罗德爱怜地看着妻子:“难道你不想治好自己的病吗?”

“酋长说得对,这个世上没有不死的人,这是大自然的规律。

在这个世界上，我比龙血树幸福多了，有两个儿子和一个女儿，可它什么也没有，孤单地生活在这个岛上，为什么我们还要无情地破坏和灭绝它呢？知道我坚持要跟你一起来的原因吗？"卡伦贝又继续吃力地说，"连我患了什么病都查不出来，为什么你就轻信龙血树能治好我的病呢？为什么就没有看到我们的背后——那些虎视眈眈的眼睛正盯着我们，只要我们打开这道'缺口'，他们马上就会找各种借口，或以研究之名或以开发和旅游的名义来到岛上。地球上只剩下这么一块1800万年的圣地了，一旦遭到人为的破坏，将永远不可能复制，那将是我们最大的罪过，上帝也永远不会宽恕我们。"

罗德似乎也醒悟了过来，黯然神伤，呆了一下，"难道我们就这么离开吗？"

远处传来一阵海啸声。卡伦贝亲昵地说："天堂是不容亵渎的，留一张合影作为纪念吧。我不在了，不管多少年后，你都能看到它，这是我们在1800万年的天堂纪念照，没有什么比这更有意义了。"

卡伦贝艰难地走下轮椅，依偎在丈夫怀中，当随从拍下照片后，只见她的头垂了下来，脸上浮着笑容，然后慢慢闭上了眼睛……

风雪北海道

这个冬天到北海道的人并不多,雄田太郎走进车厢卧铺室,刚脱下外套,一条腿有点瘸、戴着护耳帽的老汉进来,提着奶粉、奶瓶之类的袋子,身后是个胖老妇,背上绑着一个遮盖严实的婴儿。

这对老年夫妇一个上铺一个下铺,雄田太郎一个下铺,直到列车开动后,另一个上铺仍没有人。雄田太郎接了个电话回来时,胖老妇背上的绑带已经松开了,小家伙发出响亮的哭声,两只小腿使劲儿乱蹬!老汉显得手忙脚乱,想哄着小家伙入睡,胖老妇马上呵斥开了:“就知道让宝贝睡,晚上怎么办?别人不休息吗?”见雄田一郎进来了,又吩咐有些木讷的老汉,“你到铺上睡会儿,等会儿换一下我。”

老汉拖着瘸腿欲爬向上铺,被雄田太郎阻止住了:“老伯,您睡上铺不太方便,就睡我的下铺吧。”

老汉愣了一下,看着拿出奶瓶的老伴,胖老妇则显得很过意不去:“真不好意思,打扰你了。该怎么称呼先生?”

雄田太郎笑了下:“以前在家里,妈妈总是叫我太郎,你们就叫我太郎好了。”看看她怀中吸吮奶瓶的婴儿,“是你们的孙子吗?多大了?”

“明天见到她妈妈,正好满两岁。”胖老妇亲了下婴儿。

“孩子的父母在北海道工作,是吗?”

胖老妇看了老汉一眼，点点头。老汉却露出一种兴奋与期待的眼神，“太郎先生也是在北海道工作吗？那你一定知道富崎那地方了！”

雄田太郎摇摇头，“我这次去札幌只是办点事。不过听人说过富崎，是个老煤矿区，到那儿尽是山路，要坐很长时间的汽车。”

“这么说，明天上午还到不了？”老汉不禁怔住了，迷惘了会儿，责问胖老妇，“你不是说到了北海道，就到了富崎……”

“富崎再远，还不是属于北海道吗？你能不能少说几句。”胖老妇将奶瓶递给他，又用呵斥的口气吩咐，“放到茶几上去。赶快睡会儿。”

老汉便躺下了，并欠个身子，很快发出很沉的鼾声。

雄田太郎和胖老妇仍然聊着，突然他的手机响了，是前妻从京都打来的，前面已打来了一个。雄田太郎起身走了出去。

前妻的声音仍然充满央求。原来，雄田太郎这次去北海道，是去找前妻所嫁的一个叫三君的男人算账的。十二岁儿子的这次突然离家出走，一定是这个醉鬼男人的暴力所致。他饶不了三君，要让他也尝尝拳头的滋味。而前妻又在为三君求情，说是她平时溺惯了儿子。另外，前妻说三君并非躲避他雄田太郎而去北海道，目的是为寻找失踪的儿子……雄田太郎心里哼了一声，不想听下去，关掉了手机。

列车过了金泽车站，天黑了下来。老汉也醒了，帮助胖老妇料理湿尿布。雄田太郎便到上铺睡了。胖老妇轻声哼出的催眠小曲，很快将雄田太郎带入了梦乡。

凌晨时分，列车穿过海底青函隧道时，雄田太郎被一阵对话的声音惊醒了，一个中年男人不知啥时候上来的，正在一个劲地埋怨胖老妇："妈妈，你和爸爸这次去北海道的事儿，为什么不告诉我一声？知道我心里有多么焦急吗！听说你们上了这趟车，我就赶快从直江津上来了，总算找到了你们。"

"轻声点，"胖老妇看了下上铺睡的雄田太郎。中年男人的声音便低了下来，"妈妈，这是角荣的孩子吗？角荣家与我们家一直有仇怨，当年就是为争灌水浇地的事儿，爸爸的腿才变成这个样子。"

"永吉，前年角荣在煤矿遇难之后，老两口就将刚满月的孙子抱回来抚养。没想到上个星期，煤矿打来电话，角荣的媳妇被查出患了绝症，临死前，她想看看自己的孩子。可是，你角荣大叔去年患了偏瘫，半身不遂——"

"你们也应该想想自己的身体。妈妈，您一直患有心脏病，爸爸 20 多年前就是个残疾人。正因为这样，你们的孙子从小到今年上大学，我们都是请保姆带的。"

"永吉，你妈妈说得对，"一直沉默的老汉开口了，"不管人家以前对待我们怎么样，如今角荣家有难，我们能帮一下，就帮一下。再说角荣的媳妇没几天活了，她想看下自己的孩子，这生离死别够让人伤心的。"

气氛沉默了下来。

少顷，中年男子又说了起来："知道去富崎有多远吗？下了火车后，得坐汽车走八九个小时的山路，眼下大雪封山，如果一路顺利的话，恐怕也要到晚上了。"

雄田太郎早已睡意全无。他看了下表，前面一个站这一家三口就下车了。为了能让胖老妇休息会儿，老汉和抱着婴儿的中年男人走了出去，并在外面低声商量着什么。雄田太郎很想起来，但他怕惊动刚睡下的胖老妇，虽装着熟睡的样子，心里却像沸水样无法平静……

列车终于缓慢了下来。老汉和中年男子也进来了,唤醒了胖老妇,马上要进站了,好大的雪呢！胖老妇接过中年男人手中的婴儿,让老汉重新绑在她背上。老汉轻声问胖老妇,“不跟太郎先生打声招呼吗?”“算了,这一路够打扰人家了。”出去时,老汉见门没关上,又伸手把门轻轻带上。

雄田太郎马上跳下床,看见茶几上放着两袋干柿饼,他又赶紧冲出卧铺室,跑到车厢门口,天刚蒙蒙亮,漫天纷扬的雪花中,中年男人脱下风衣,罩在背着婴儿的母亲头上,又搀扶了一下身后瘸腿的父亲,迎着凛冽的寒风,一家三口朝着出站口走去。

雄田太郎的眼模糊了。列车开动后,他回到卧铺室,望着两袋干柿饼的时候,手机突然响了。是前妻兴奋的声音,三君已经找到儿子了。儿子是和几个同学瞒着家里的人,到北海道看雪景,他们父子现住在札幌宾馆。

雄田太郎仍然一声不吭关了手机。其实,他心中的怒火早已经被融化了,此刻他想到的是早一点到达到札幌,买上一瓶好酒,在这个暖意融融的冬天,与儿子的另一个爸爸开怀痛饮……

墓地饭店

丈夫出车祸死后,由于生活所迫,罗丽亚带着两个孩子搬迁到郊外的一栋老房子居住,这还是丈夫生前从一个老太太手中买下的。

罗丽亚搬来的这天,心一下凉了,周围竟然是一片荒凉的墓地,只有几户人家。罗丽亚还年轻,原想搬到这郊外后,办个养鸡场或奶牛场的,丈夫不在了,她只能靠自己来支撑这个家和养活孩子,没料到却与阴森的墓地做了邻居。

更让罗丽亚恐怖的是,第二天在清理老房子墙基时,挖出了一具两眼空洞的骷髅,两个孩子受到惊吓哭了起来。事后,一个红鼻子老头来串门,罗丽亚才知道,这儿原来是一个百年遗留下的老墓地,丈夫生前买下的这幢房子——以前是守墓人居住的。红鼻子老头还告诉罗丽亚说,比起别处新建的陵园,这片墓地尽管衰败了,但经常有人来祭坟,有时深夜还有人光顾……

几天后的一个晚上,外面下着雨,罗丽亚刚哄着两个孩子睡下,风雨中隐约传来一个男人的哭声。两三个小时过去了,那男人仍在悲泣着。罗丽亚心地善良,担心有什么意外,便提着一盏马灯,循声走向阴冷的墓地。有辆小车停在一座孤独的墓旁,那个男子满脸悲伤,手中还拿着半瓶酒,身上也早已经被淋湿了。

罗丽亚忙把带的雨衣披在他身上。原来,这个叫拜根的男人从小父母双亡,是一个有残疾的女人收养了他。后来,他大学毕业办了自己的公司,因忙于生意上的事情,对养母缺少关心。不幸的是9年前,养母一个人在家煤气中毒身亡。拜根虽然挣了很多钱成了富翁,但心里非常内疚,他一直想在养母的墓前过上一夜,以此来救赎自己的灵魂。

天亮时,拜根要走了,他掏出2000美元,递给罗丽亚说,本月21号,是他养母的祭日,他不能来了,想请罗丽亚做几个养母生前喜欢吃的苹果甜饼,买一束鲜花,到那天代替他来墓前祭一下。罗丽亚答应了,说:“拜根先生,有30美元就够了。”

“不,夫人您一定得收下。”拜根的脸上充满了感激的神色,

“您陪了我一晚上，给了我这么多安慰和温暖……这剩下的钱，就算我付您的‘代劳费’。”

也就是拜根养母祭日的这天上午，罗丽亚来到墓地时，近处也有几个年轻男女在扫墓，他们的谈话不时传入罗丽亚的耳中：

“我们从老远来，就这么扫一下墓走了，要是陪着父母吃一顿饭多好。”

“可不，我们兄妹几个好多年没见面了，这次趁给父母扫墓的机会，好不容易才团聚在一起……”

其中一个系蓝领带的男子朝罗丽亚走来：“请问，这儿有饭店吗？”

见罗丽亚摇了下头，男子失望地走开了，罗丽亚心里也不平静起来，想到她搬来的这些日子，来墓地的还真不少，有的全家人还是从英国、加拿大回来的，为什么会这样？此刻，听着这几个仍在谈话的兄妹，联想到那晚在墓地过夜的拜根，罗丽亚明白过来，如今生活和环境变了，社会压力越来越大，很多来墓地的人，除了想和父母或亲人多待一会儿外，也是为找清静或者找心灵的超脱。

岁月唯独冲不淡的是亲情，墓地也有商机。罗丽亚脑中突然冒出一个念头：为什么我就不能办个墓地饭店呢？

于是，她马上走近那几个兄妹，主动打招呼说：“很抱歉，这儿饭店还没有营业，中午你们可以到我家吃饭。”

中午时分，兄妹几个高兴地来到罗丽亚家，吃了一顿简单的午餐，正赞赏罗丽亚的手艺时，忽然又来了一对老年夫妇。原来，他们看到门前停有小车，有人吃喝以为是饭店就进来了。罗丽亚又给他们弄了一顿便餐，这两个老人说，感恩节快到了，他们是为30年前一个曾经周济过他们的恩人，提前来祭墓的。正聊着，外面忽响起喇叭声，少顷，又走进来一个带小女孩的男人……

罗丽亚一直忙到下午。这天她虽然很累，心里却有说不出的高兴，饭店还没有开张，她就赚到了300美元，看到了生活的希望。

以后几天，罗丽亚将老房子好好地装修了下，并雇了一个帮手，墓地饭店就正式营业了。

为了办好墓地饭店，罗丽亚倾注了全部的感情，她把自己做的饭菜名字改了，比如，土豆丝改成“丝丝亲情”，意思是亲情永远千丝万缕，如果多了一份挂念，心灵也就多了几丝安宁；午餐肉改成“岁月回味”，因为午餐肉会让人们想起昔日的大萧条时期，意思是埋葬在这里的父辈们，他们曾经战胜和度过那段艰难的时光，后人更应该有勇气面对现实，从午餐肉中汲取一种精神……

罗丽亚一直没忘记拜根请她代替祭坟的事儿，墓地饭店办起来后，专在网上公布了墓地饭店的业务电话。这样，由于种种原因不能来的人，通过墓地饭店，既能弥补自己的一份内疚——也能慰藉长眠这里的父母和亲人了。

墓地饭店的名声也很快传开了，很多前来上坟的人，都愿意在这儿吃这一顿有特别意义的饭。此外，有一些客人还专门慕名前来，他们来这里，已不仅仅是吃饭，而是为了享受一种宁静，暂时远离城市的喧嚣，怀念过去的时光。

罗丽亚的墓地饭店，也成了人们的“心灵驿站”。

罗丽亚的生活也一天天好了起来。这年圣诞节的早上，天空飘扬着雪花，罗丽亚抱着买来的鲜花，带着两个孩子迎着寒风，每走到一座墓前，就虔诚地放上一枝温馨的鲜花，祝愿生活在天堂的人们圣诞节快乐……

森罗夫妇的房东

夜半惊魂

森罗夫妇带着儿子到达苏黎世的这天，是一个叫卢肯斯的朋友开车到机场接的。卢肯斯是森罗的大学同学，也是个医生。他告诉森罗，早就替他联系好了医院的工作，而且房子也替他们租好了，下午就可以带他们去看房。

这是一幢带有花园的房屋，靠近绿茵茵的河畔，环境很不错。房东是一个叫伯克虏的孤身男人，40 多岁，左腿有点儿瘸。听说森罗夫妇就是租房客，伯克虏十分热情，带他们看他房屋的设施。厨房内有电冰箱、电炉灶和电烤箱，生活用具十分齐全。

森罗夫妇看后比较满意，第二天就搬了进来，成了伯克虏的邻居。

让森罗夫妇意想不到的是，两个星期后的一天晚上，他们被一阵猫的惨叫声惊醒！声音是从伯克虏的房间传来的，森罗感到很纳闷，不知伯克虏为啥折磨猫？他们搬进来的第五天，那只猫曾经跑进他们房间，它瘦得皮包骨，一只耳朵残缺，身上还有多处淤青的伤疤。森罗抱起它准备送还伯克虏时，没想到小东西十分通人性，两只前爪紧紧抓着森罗的衣袖不放，并朝一旁的西丝卡连声发出哀叫……

森罗的妻子西丝卡感到不安起来，因为她还未找到合适的工作,大部分时间带着4岁的儿子待在家里,对伯克虏有了一些了解,他好像没有什么职业,也没见他与什么人交往,行为也有些怪异。有几次,西丝卡看见他搭着梯子,锯门前树上的枝杈,她就好奇地问:“伯克虏先生,树枝长得好好的,你锯掉它干什么?”伯克虏只是看了她一眼,并没有回答。

凭着一个女性特有的直觉,西丝卡感到他们与伯克虏相处,总有一种潜在的危险……

可怕的事终于发生了!

那是一个月后的一天,西丝卡打电话到丈夫森罗工作的医院,要丈夫赶快回家。原来,她傍晚看见伯克虏光着膀子,满脸凶光,正蹲在门前磨着一把刀,看到西丝卡,他手中的刀磨得更快了,还朝她凶狠地瞥了几眼……

森罗回到家时,妻子正在训斥儿子:“听到了吗,以后不许与伯克虏接触。”儿子噘起小嘴巴,正准备对森罗说什么时,就听到从伯克虏的房间传来猫的惨叫声,其间夹着伯克虏一阵歇斯底里的狂叫声,接着是“砰砰”碰翻什么东西的声音,猫的惨叫声也陡然停止了!他们夫妇听着惊呆了,还没等他们清醒过来,外面又传来了“咚咚”的敲门声,透过猫眼,西丝卡不禁发出一声惊叫!原来,伯克虏满脸血污,手中拿着那把刀,正凶狠地敲着他们的房门。西丝卡吓坏了,赶紧打电话报警。

约莫十多分钟后,警察赶来了,伯克虏已经倒在房门外,扭曲的面孔十分可怕,他紧紧咬着牙,嘴里还在吐着白沫。一位胖警察问了下森罗夫妇的情况,得知他们是初次来到苏黎世时,便说道:“这不能怪你们,你们不知道伯克虏的情况,他患有‘癫狂症’,也可以说是个精神病患者。你们现在明白了为什么一直没有人租他的房子。”

胖警官吩咐手下将伯克虏抬进房后，看看呆住的森罗夫妇，又笑笑说："你们也别害怕，伯克虏醒过来后，犯病前所干的事情都会忘记的……不过，为了避免悲剧发生，你们还是搬到别处去住吧。"

警察离开后不久，在西丝卡的坚持下，森罗带着儿子与妻子连夜离开了伯克虏的住处，敲开了朋友卢肯斯的家门……

重返住所

一个星期后，朋友卢肯斯又替他们找到了房子，西丝卡也去看了，感到很满意，准备第二天搬去，森罗却不同意，反而坚持要重新回到伯克虏的住处去。西丝卡十分生气："你疯了，我们回去再和那个神经病为伴，迟早会丢掉性命的。"

森罗脸色变得严肃起来，"你知道伯克虏的凄惨遭遇吗？他为啥要锯树，深夜虐待猫？他是一个很不幸的男人！"

原来这天，森罗在医院给一位警官看病，恰是那晚在伯克虏住处见到的胖警官，谈到了伯克虏的情况。通过胖警官之口，森罗才得知伯克虏是个混血儿，母亲是瑞士人，父亲是德国人，他10岁那年，父母离异了，他跟父亲生活在德国，父亲死后的第二年，在瑞士的母亲也病逝了，将遗产给了他。这样，他就带着妻子和刚满3岁的孩子来到这里。不幸的是，9年前的一天，家里养的一只猫跳到门前的树上，儿子爬上树抓它，不慎掉下来摔死了。没多久，伯克虏出车祸，大脑受伤，几个月后，妻子又与他不辞而别回德国去了。以后，伯克虏就一直过着孤独的生活……

"伯克虏的精神病就是这样造成的。虽然阳光每天照耀着瑞士，但他和我们一样，这里并不是自己的国家，生活在异国他乡，他缺少亲情、友情的关爱啊！"森罗说到这里，也动情了，"再

说,伯克虏的病是能够治好和恢复的,我们为啥不尽最大的努力去帮助他,与他和睦相处呢?”

“伯克虏为什么要锯门前树上的枝杈、虐待那只小猫?他是为了我们的儿子着想,”森罗说到这里,稍顿了一下,看看妻子,“我问过儿子了,那天你在家忙的时候,他跑出去和那只猫玩耍,猫却蹿上了树,他也准备爬上去,被伯克虏发现了,马上一把将他抱了下来——”

西丝卡不相信,马上唤来儿子,得到儿子的证实后,她明白了过来,伯克虏那天“癫狂症”发作,当医生的丈夫分析得没错,是受到儿子爬树抓猫的行为刺激所致。真相大白以后,西丝卡同意与丈夫一起重返伯克虏的住处。但她仍心有余悸,第二天,先将儿子送入幼儿园托管后,才随丈夫去伯克虏住处。

一见到他们夫妇回来了,伯克虏十分高兴,像什么也没发生一样,关心地问道:“你们到什么地方去了,我担心你们出了什么事,不会再回来了。”

森罗笑笑说:“我们到索伦图恩州看望一位朋友去了,另外将儿子送入幼儿园托管,以免他的调皮给您带来不必要的麻烦。”见伯克虏怀里抱着一只新养的猫,森罗问他:“伯克虏先生,你喜欢猫?”

伯克虏笑笑:“我养的那只叫亨吉的猫,你们走后不见了,也不知跑到什么地方去了。”

晚上,森罗让妻子做了一顿可口的饭菜,特意请伯克虏过来一起吃饭。他告诉伯克虏,想用中国的推拿和针灸,替他治疗行走不便的腿。伯克虏很高兴,说他年轻时就喜欢旅游,到过英国伦敦和法国巴黎,还游览过埃及的金字塔。可惜现在腿有毛病,去不了想去游览的地方了。森罗马上接过他的话:“你的腿没什么大毛病，中国针灸有独特的疗效，我一定能够给你治好。”吃完饭后，森罗就开始给伯克虏推拿、针灸……

为了增进与伯克虏的关系，森罗以后每天下班总是早早回来，陪伯克虏聊天或出外散步，侃一些他高兴的事儿。由于有森罗夫妇的照顾，伯克虏的心情极佳，三个月后，不仅扔掉了拐杖，精神也焕发了，脸上有了红润。伯克虏十分感激森罗夫妇，西丝卡要付他的房租，他会很生气地说：“你们要给房租，以后就别住在我这儿。”

伯克虏是个很重感情的人，有一次，西丝卡的弟弟打来电话，说母亲得了脑瘤，急需几万元的医疗费用。伯克虏知道了，比他们夫妇还着急，拿出2万元钱要资助他们，被森罗婉言谢绝了。伯克虏很生气，认为他们夫妇不孝敬母亲，便不理睬他们。

直到两天后，森罗将所汇的一万元钱汇款凭据给他看，伯克虏才露出笑脸，又和他们重归于好了。

森罗夫妇和伯克虏的感情一天天在加深，但遗憾的事情还是发生了……

恐惧让西丝卡要离开

西丝卡记得很清楚，伯克虏那天的脸色就像天空一样阴沉，神情焦躁不安，又开始虐待买来的那只猫。西丝兴卡感到很害怕，赶紧打电话告诉了森罗。

傍晚时分，森罗匆匆地回来了，一进门就问西丝卡，伯克虏怎么样啦？西丝卡让他听伯克虏房里的声音，伯克虏像受伤的野兽般在呻吟，期间还夹杂着猫的惊叫声，大约5分钟后，只听伯克虏一声狂叫，接着是“砰——”，像是玻璃框之类的东西砸碎了。“我去看看！”森罗赶快跑向伯克虏的住室。

还没两分钟时间，西丝卡听见丈夫发出“啊”的一声惨叫！她的心一阵抽搐，冲进伯克虏的房间。昏暗的灯光下，只见伯克虏满脸凶相，双手死死地掐着森罗的脖子，森罗的头也被他打破了，鲜血直流。眼看丈夫有生命危险，西丝卡抓起一把椅子，朝背向她的伯克虏砸去，伯克虏一下被砸昏了，紧掐住森罗脖子的双手也慢慢松开……

西丝卡要打电话报警，森罗却拦住了妻子。看看歪躺在地的伯克虏，他要妻子帮忙先把伯克虏抬到床上，然后收拾地下砸碎的相框。上面是伯克虏和一个金发女郎的结婚照，后面有一行用德语写的字：亲爱的伯克虏，我无法忍受失去儿子的精神痛苦和折磨，原谅我的不辞而别，我回德国跟父母一起生活去了。落款日期是2004年11月30日。

回到房内的森罗若有所思，西丝卡则解开被伯克虏用小链条拴住的猫，心有余悸地说：“我们明天无论如何得离开，太可怕了，简直是一场噩梦。”

森罗却说：“我们不能离开伯克虏，要离开也要等他病好——”

“什么，等他病好？”西丝卡一听再也忍不住心头的火了，“你怎么不想想刚才的情景，要不是我冲进来，你就被他活活掐死了，知道吗！”

“今晚发生的事，有可能是某种特殊原因造成的。如果我推断没错的话，九年前的今天，伯克虏的妻子不辞而别。再联想到几个月之前，他病发杀死猫的那天，有可能是他儿子夭折！”

“我不管这些，”西丝卡仍大声嚷叫着，“我再无法忍受这种恐怖的生活了，明天我们非得离开这地方！”

“不，要走你走，我留下来与他为伴。”森罗也动火了，满脸怒容冲着妻子说,“你知不知道?伯克虏曾瞒着我们给你弟弟汇去两万元钱,今天我在医院接到你弟弟的电话,说我们初到苏黎世工作,生活不太宽裕,以后就不要再汇钱……”见妻子露出震惊的表情,森罗又深深地叹了一口气,“我们跟伯克虏非亲非故,他为什么要瞒着我们汇钱,因为伯克虏没有亲人,他已经把我们当成他最至亲的人了,你知不知道?尽管他今晚伤了我,那是他无法抑制过去所遭受的精神折磨。”

森罗话音未落,只听门外传出一声沉重的叹息,西丝卡赶紧贴近猫眼一看,是伯克虏,显然他已听到他们夫妇的激烈争吵,正转身步履蹒跚地回房去……

伯克虏留下他的房屋和财产

第二天早上,森罗醒来,见妻子在收拾东西,他摇摇头,叹了口气说:“我们真要离开,也得跟伯克虏道别一声。”

西丝卡没搭理丈夫,森罗就自己去了,谁知没一会儿,西丝卡听见丈夫在喊:“伯克虏先生,伯克虏先生!”

听见喊叫声,西丝卡心里正一阵紧张时,森罗神情十分激动地跑回来了,手中还拿着一封信,告诉妻子说:“伯克虏已经走了!”

信是用德文写的:

亲爱的森罗先生及夫人:

我走了,我已经通知我的律师,将我的房屋和财产全部留给你们。因为你们是这世上最好的人,知道我的不幸,却仍然与我相处,不仅医治好了我的腿病,还给了我人生中最温暖最快乐的一段时光。森罗先生没有说错,9年前的今天,妻子狠心与我不辞而别,给我造成了难以治愈的精神创伤,尽管我想抑制自己,结果还是像伤兽一样无法控制……当我清醒过来，并听到你们夫妻的争吵后，我才知道我又干下了恩将仇报的事来，我狠命地捶打自己，心里充满了内疚、忏悔和悲伤……

我走了！请你们夫妇放心，我一定会好好地活下去，我不会再感到孤独，因为我无论走到哪里，都有你们的笑颜……

看到这里，西丝卡的心战栗了，既愧疚又激动，再也控制不住自己的感情，扑进丈夫的怀中哭喊起来："伯克虏做出这种抉择，他是害怕再伤害我们，怀着一颗痛苦的心走的。"

"是的，他是害怕再伤害我们，伤害我们之间建立的深厚友情，留下这里的一切痛苦走的。"森罗擦拭了下妻子脸上的泪，用坚定的口气说，"我们一定要找到伯克虏先生，将这里的一切归还给他，不管时间多长，他永远是我们最好的朋友和房东！"

一个人的小镇

在美国西部两州交界处，有一个不起眼的小镇——白石镇。

20 年前，这个地处偏僻的小镇，因有一条老铁路将小镇与外界连接一起，镇上几十户居民并不感到寂寞，房屋建筑也很漂亮。没想到这些年，老铁路由于连年亏损，不仅停止运营，而且被拆除了。

镇上的居民开始外迁。

到了最后，只剩下漆匠布格斯一家了。无论妻子儿女怎么动员，布格斯就是不愿意离开故土。他说小镇是我的根，我就留守在这儿，替大家看着房屋，以后你们回到小镇还有一个家。

布格斯就留守下来，开始过上一个人居住一个小镇的生活。

这位漆匠每天早上起来，仍像以前一样，喊着妻子的名字："亲爱的妮娅，今天报纸送来了吗？早餐就一杯牛奶和两块面包吧。"走出家门时，他会照常跟邻居打招呼："约翰大叔，今天的天气真好，是该将房子修理修理了。"走到镇上一家小杂货铺前，他会拍打几下门："凯文你这个懒鬼，都啥时候了，还不打开店门……"走到琼斯老太太家门口时，他会拍下脑袋，像想起什么似的喊道："琼斯老太太，你托我买的东西，我已经交代了我儿子，他下星期从曼凯托市回来，您放心好了。"

到了晚上，布格斯又打着手电，带着狗在小镇巡视，谁家的门被风吹开了，他会小心关上；屋顶的瓦被掀了，第二天一早，他会搬来梯子重新添上一块。没有人要求布格斯这么做，但他认为，小镇是大家的，只要他在这里生活，就要尽一份责任和义务……

时光荏苒，这样过去了七年。初秋的一天，有一支野外勘探队路经白石镇，看到小镇那些漆刷得漂亮的房屋，闻见鸡狗和羊的欢叫声，就停车来到镇上歇息。让大家吃惊的是，全镇只有漆匠布格斯一个居民，当然，他们也受到这位漆匠的热情款待。

很快，一个人与一个小镇的平凡事迹传开了。

布格斯为小镇做出了贡献。当地政府也很快决定，任命他为白石镇镇长，并按月发给他一份津贴。

不仅如此，《吉尼斯大全》也把这位漆匠的事迹收集了进去，因为他是世界上唯一只有一个居民的镇长。

拯　救

弗阿迪三个月前就从马里兰州潜入到纽约来了，准备与同伙趁圣诞节平安夜，抢劫纽约最著名的帝国珠宝行。

天公也作美，纽约的风雪直到傍晚还在一个劲儿地刮，闹市中心除了闪烁一片的霓虹灯外，来往的人少，也看不到巡逻的警车。不料晚上六点钟时，弗阿迪的手机突然响了，有人向他求救，称所驾的小车跌入200多公里外的荒野老路的一处深坑内，情况十分危急，请他一定要去搭救，否则他将连人带车被风雪埋葬在平安夜里。

“喂，你这家伙究竟是谁，我怎么听不出来？”弗阿迪扯下胸前的白巾，他正在酒吧享受他在纽约的最后一顿晚餐。对方显然对他的回答不满，“唉，弗阿迪先生，你正在享受美餐吧，耳朵一定是像嘴巴一样被法国牛排噎住了。这真的让我很伤心。”

“你是罗多德？”弗阿迪一下怔住了，声音也马上缓和下来，道歉说，对不起老兄，在如此寒冷的风雪平安夜，你怎么想到来纽约？我离开马里兰州之前，不是跟你说过吗，缺钱打个电话来，我给你汇过去。

对方说：“弗阿迪先生，你是我见过的最善良的人，曾救过我的生命，还周济了我很多。所以，就想赶在平安夜，给你送去一筐你最喜欢吃的鲜樱桃……我已经找到工作了，是我用这个月挣的钱买的。”

马里兰州离纽约虽近也有几百公里，罗多德却惦记着他，竟然专程为他送来一筐鲜樱桃，这是一种什么样的情谊啊！弗阿迪的心被深深感动了。要知道，他弗阿迪在这世上早已没有什么亲人和朋友，认识罗多德也只是一个偶然的机会。那是多年前的一个平安夜晚，他与同伙绑架一富翁失败之后，逃入街头公园，看到雪堆裸露出一只枯瘦的手，那是个蓬头垢面、冻得快要死去的流浪汉。他走开了，听到一阵痛苦的呻吟声，又走了回来，头一次动了恻隐之心，将这个叫罗多德的流浪汉送进医院，并交付了所有的医疗费用。在以后的交往中，他不仅替罗多德找了个住处，还经常给一些钱周济……

此刻尽管外面风雪呼啸，弗阿迪心里的冰层却在一点点融化，他不能不为罗多德的一筐鲜樱桃所感动。混迹于黑道这么多年，有谁这么关心过他，除了尔虞我诈，血腥的火并外，就是冷冰冰的金钱。弗阿迪再也无法抑制自己的感情了，他关掉另一部与同伙保持联系的手机，冲出酒吧，钻进自己的小车，不顾一切朝200多公里外的荒野赶去。

沿路的风雪太大，弗阿迪一边咒骂天气，一边关心询问罗多德的伤势。情况也远比他预料的严重。罗多德的车不是跌入深坑的，而是一头撞进去的。此刻他的声音变得十分微弱，也充满了痛苦："现在的情况糟糕透了，大雪几乎把深坑掩盖了，我被卡在车内不能动弹，冰水已经从破碎的车窗玻璃灌了进来……"

"好的，我明白了，请你一定坚持住，我的车时速只能在80公里左右，该死的风雪太大，路面打滑。记住了吗，千万不要睡过去了，不然你会冻僵的。"

2个多小时后，弗阿迪终于赶到荒野那条废弃的老路，车灯光的照射下，只见一辆小车像野鸡似的头部扎在深坑内，几乎被

纷扬的雪花掩埋了。当他费了九牛二虎之力,从深坑车内弄出罗多德时,他满头血污,已经奄奄一息了。弗阿迪要送他到医院,罗多德却指了下胸口,发出一阵哀伤的呻吟:“我的致命之伤在这儿……我应该告诉你真相了,20 多年前,我是芝加哥黑道上的老大。从监狱出来后,又屡次遭到仇家的追杀,我成了一条无家可归的丧家犬,幸运的是遇到了你。弗阿迪,人性与天理永远不可违逆。记住,人一生中哪怕做一件善事,都会得到好报的。”

罗多德死去了。

此刻,从车内飘出一段电视台的即时新闻,“今晚 19 点 28 分,纽约惊爆‘美国最大珠宝劫案’。三名劫匪冲入帝国珠宝行抢劫 4 千万美元的珠宝。警方早就掌握了这伙劫匪的行踪,两名劫匪被当场击毙,另一名被警方抓获……”

离天堂最近的监狱

这是一个地处美国最荒凉的北部、完全与世隔绝的小镇,旁依着一座深幽而绵长的大峡谷,四周全是重峦叠嶂的秃山。汉诺斯像一头负伤的野熊,在杳无人烟和人迹的山中乱窜了几天,才绝处逢生地逃到这个小镇。

对他这位不速之客的光临,小镇上的人似乎一点不惊奇,也没有人理睬他,各自忙着自己的事,只有两三个孩子围上来,瞅着他嬉笑,其中一个孩子调皮地朝他扔了一块小石头,汉诺斯捡起一看,心里禁不住一阵狂跳,天!竟然是颗天然钻石。汉斯还惊奇地发现，另一个小女孩发结下坠着一颗熠熠闪光的红宝石。

汉诺斯咽了下口水，眼中也马上流露出贪婪的目光，他伸手抓住小女孩，正欲摘下她头上的红宝石时，一个独眼老者走来了，咳了声，他是这小镇的镇长。见汉诺斯蓬头垢面，形似野人，身体虚脱得都快站不稳的样子，独眼镇长什么也没问，就将汉诺斯带到家中。汉诺斯环视了下泥糊的矮土房，中间架着炭火盆，碗碟、瓢等用具是用野生南瓜和葫芦剜成的，闻不到酒肉的一丝香气，食物只有苞谷、木薯和一些野果。这一切让汉威诺感到是那么原始和远古，可当他的目光落到泥墙上时，心不禁又怦怦狂跳了起来，原来，砌入泥墙内的那几块呈深绿色的石头，竟然是极珍贵的祖母绿。

汉诺斯就在独眼镇长家住了下来。

一天、两天过去了，汉诺斯原以为独眼镇长会盘问他，作为小镇的最高长官，不可能不问一下他这个外界陌生人的来历。可是10多天过去了，性情古怪的独眼镇长，根本就不问汉诺斯的身份，也不问他为啥会来到这个与外界隔绝的地方。汉诺斯也实在无法忍受了，他一天都不愿过这种原始部落的火耕生活，他心里只有一个念头：离开此地之前，设法探明那两个孩子及砌入土房泥墙的珍宝来历，独眼镇长一定知道，如果能告诉他，那么他汉诺斯就发大财了，带出去后就有了享用不尽的荣华富贵。

这天晚上，咽下一顿让肠胃发涩的木薯后，汉诺斯主动与独眼镇长聊了起来，并且眉飞色舞，谈起他这些年在纽约花天酒地、如何过着上流社会的奢侈生活等等。不料，独眼镇长听着无动于衷，甚至不屑一顾。汉诺斯有些扫兴地说：“镇长先生，难道你真的不想知道我这个陌生客人的身份吗？”

独眼镇长瞥了他一眼，半晌，才冷冷地道：“这还要我问吗？

逃到这人迹罕至的地方来的,还能是什么人?"

汉诺斯一下怔住了,垂下头之机,避开了对方所剩的那只眼中射出的鹰般的锐利目光。他心里隐约感觉到,独眼镇长年轻时,一定是个桀骜不驯的家伙。

独眼镇长似乎早看出了汉诺斯的心思,又面无表情地吩咐:"早点休息吧,明天我带你去一个地方。"

第二天早上,独眼镇长带着汉诺斯,来到离小镇不远的安维埃布尔达峡谷,这条大峡谷是亿万年前形成的,幽深而绵长,正值河床干枯季节,阳光的照耀下,只见河滩上遍布着各种奇形怪状、色彩斑斓的大小石头。独眼镇长对汉诺斯说:"你不是想得到你想要的东西吗,这儿多得是,你自己拣吧。"

独眼镇长说这活时,汉诺斯已经拣到一颗红宝石,又发现脚下一块发出诱人光泽的钻石,而且不远处,还散布着更多耀眼夺目的天然宝石。显然,这些原本蕴藏在大峡谷深处的尤物,是在漫长岁月中被深谷奔腾的河水一次次冲刷到这里的。惊喜若狂的汉诺斯脱下了裤子,扎紧裤腿两头当成人字口袋,弯下腰,拼命地朝裤袋里装呀、塞呀,直到装不下才罢手。

独眼镇长只在旁冷冷看着。

汉诺斯将沉甸甸的裤袋背上了肩,也就是那一刻,独眼镇长叹了口气,开口了:"汉诺斯先生,像你这种背负罪孽的人,还能回到以前那个世界吗?"汉诺斯一听,顿时如遭雷击般定住了,眼中流露出一片惶恐和茫然,刚才的惊喜也消失殆尽。慢慢地,装满珍宝的裤袋也无力地从他肩头上滑落了下来。

独眼镇长又叹了一口气,自言自语道:"当年我逃到这大峡谷,看到河滩上满是各种耀眼的天然钻石、红宝石和祖母绿时,心情就跟你现在一样,惊喜若狂,哈哈,我发大财了,我将成为世上最富有的富翁！我脱下裤子当成口袋，拼命地塞呀装呀，可是当我把这些沉重的宝石扛上肩的那瞬，我才猛然想到，一个抢劫银行的杀人罪犯，还能回到以前那个世界吗，等待我的将是遥遥无期的监狱服刑。”

“我仰天号啕大哭起来，大声咒骂上帝，太不公平了！为什么要等到我沦为罪犯，逃到这人迹罕至的地方，才将这些财宝慷慨地赠给我，可一切都晚了！对于一个连安身之地都没有的逃犯有什么用呢？”独眼镇长说到这里，看了看汉诺斯，声音也变得沙哑起来，“后来，我终于明白了，这是上帝在拯救我的灵魂，让我睁大眼睛看看，世界上的财宝无穷无尽，而人一旦变成贪婪和邪恶之徒，今生也就踏上了一条万劫不复之路。”

汉诺斯也呻吟起来，喃喃地道：“不错，我是纽约警方通缉的一名逃犯，轰动一时的纽约帝国珠宝行抢劫案，就是我和我的两个同伙干的，一个被警方当场击毙，另一个在逃亡中摔下了万丈深渊，只有我侥幸地活了下来，逃到了这地方……”

“汉诺斯先生，”没等汉诺斯说完，独眼镇长马上打断问，“你听说过安维埃布尔达监狱吗？”

汉诺斯怔了一下：“听说那是一座十分神秘而奇特的监狱，待在里面的几乎全是终生囚犯，却没有戒备森严的电网高墙，也没有警察看守……而且直到今天，没有人知道它究竟在什么地方？”汉诺斯说到这里，看看鹰般盯视着他的独眼镇长，似乎一下子明白了什么，颤声地问道：“镇长先生，莫非这儿就是——”

独眼镇长点了下头，幽幽地道：“不错，这里正是人们所流传的安维埃布尔达监狱。一座上帝安排并让良知未泯者赎回罪孽的世外‘监狱’。几十年过去了，这里也繁衍成了小镇，但是一直到现在，没有人从安维埃布尔达峡谷带走一块红宝石或一颗钻石。在这个地方,你已经都看到了,被外界视为无价珍宝的尤物,只是孩子们拣去玩耍,或砌入土房泥墙拦风而已。”

“汉诺斯先生,你要想离开的话,我不会阻挡。”独眼镇长离开之前,看看呆住的汉诺斯,“不过我想提醒你一句,在全世界所有的监狱中,再也找不到比这更合适、更让人心灵得到净化的地方了。如果你选择留下的话,你将是‘终极监狱’的第 51 名囚犯,也是镇上正式落户的第 116 名居民。”

汉诺斯选择了留下来。因为,对于他这样一个亡命天涯的逃犯来说,要想活下来,向上帝赎回前半生的罪孽,再没有比这更好的地方了!此时此刻,在他那双充满忏悔的眼中,安维埃布尔达也成了离天堂最近的监狱……

警与匪的智商

抢劫帝国珠宝行的匪首克鲁逊终于落网了。

克鲁逊对纽约警局并不陌生,让他惧怕的只有一个罗奥警官,前两次他就是败在这个老对手的手下。他想这一次,肯定是罗奥警官来审理他的案子,心里也憋足了劲儿,准备与老对手好好较量一场。

审讯的这天,却令克鲁逊深感意外,审他的竟然是一个年轻的见习警官,坐在桌前那张皮椅上,拿着一面小圆镜,悠然地梳着油亮的头发。这小子还挺臭美,克鲁逊心里骂着,同时大脑绷紧的弦松了几分:“喂,臭小子,罗奥警官呢,为什么不是他审理我的案子？”

一连问了三声，年轻警官才瞥了他一眼，生气地站了起来：“你以为你是谁，猪脑一个的低智商罪犯，还用得上罗奥警官亲自出马吗？”

克鲁逊一听气坏了，他在黑道上摸爬滚打了20多年，犯下的案子哪一件不是惊天动地？猪脑的人能干得出来吗？还没等他开口，年轻警官又话锋一转：“克鲁逊先生，记得那天你被抓进来，我们对你进行的智商测试吗？”

克鲁逊想了起来，那天他被抓进警局后，就让两个穿白大褂的人按在椅子上，把几根绑有电圈、电棒之类的玩意，紧紧地贴在他的太阳穴、手上和大腿上。足足折腾了20多分钟，才将他押送到监狱。

“就因为这，罗奥警官才不审理我的案子？”

“不错。警局最近有新规定，像罗奥这样出色的老警官，今后不再审理智商低于60的犯罪案子。”年轻警官表情认真地说着，拿起桌上一张纸条，稍停顿了下，“很不幸，你的智商只有53.2。知道这是怎样一个概念吗，低于60的，这种人的智商就跟猪脑没什么区别。”

克鲁逊被激怒了，眼中冒出了怒火，年轻警官仍不知趣，摇了下头：“也难怪，社会上犯抢劫、强奸或杀人之类案子的人，如果不是猪脑智商太低的话，怎么会干出愚蠢至极的事儿呢？”

年轻警官踱回到桌前，拿起镜子和小梳子，又悠然理起油亮的头发：“知道警局为什么把你的案子交给我审理吗？因为我的智商刚过100，虽然不太高，但对付一个跟猪脑没区别的家伙，我想应该行。”

“臭小子，你给我住口！”克鲁逊终于咆哮了起来，他何时受过这种带侮辱性的挑衅。气急败坏之中，他冲年轻警官挥舞起两只文有狼头的胳膊，“知道吗，帝国珠宝行的保险柜十二道密码，老子只用了 2 分钟就破译了，而且还是用一根铁丝撬开……”

匪首的致命弱点充分暴露了出来，得意忘形之下，竟吹嘘起他是如何密谋策划、如何组织手下成功抢劫帝国珠宝行的，而且越吹越来劲，连如何收买帝国珠宝行“家贼”的事儿也抖搂了出来。

“哈哈哈！就是罗奥警官又怎么样，如果他了解这一切，他不得不承认我是当今世上第一奇才！”克鲁逊唾沫四溅，突然他的嘴巴张大了，脸色也一下变了，原来照镜梳头的年轻警官，手中不知什么时候多了一台微型录音机。

显然，他已经将克鲁逊所说的全部录了下来。

见克鲁逊蒙了，半天回不过神来，年轻警官似笑非笑地说：“克鲁逊先生，我说过了，像你这种人的智商跟猪脑永远没有区别。”

年轻警官的声音也变了，凛然而冷峻，接着，他徐徐揭下了脸上的面膜。

“啊——是你？”克鲁逊惊恐万状中叫了一声，原来站在他面前的，赫然是他的老对手罗奥警官！

嵌入灵魂深处的残弹

帕西警官破获过很多棘手的案子，这次也不例外，又一个劣迹斑斑的黑社会团伙栽到了他手上。

这天，提审一个绰号叫毒蝎的犯人时，这家伙没把帕西警官放在眼里，气焰十分嚣张，甚至用挑衅的口气说："帕西警官，你对待我最好客气点……因为只有我一个人知道，你这个所谓警界铁腕人物的虚伪和无耻。"

"还记得奎多斯先生吗？"毒蝎斜睨了帕西警官一眼，"他仍然活着，遗留他大脑内的那一份'证据'，足以让你身败名裂。"

帕西警官浑身一震，脸色也倏然变了："你，你是他什么人？"

"儿子，我是他唯一的儿子。"毒蝎得意地晃了下脑袋，"我们是父子关系。帕西警官，我想你应该知道如何办理我的案子了。"

晚上，帕西警官拖着沉重的脚步回到家里，妻子看到他脸色苍白，浑身无力仰靠在沙发上，以为是他身上的旧伤复发了。丈夫是出了名的硬汉，20多年来出生入死，身上遗留有不少伤痕，从来就没见他皱眉哼一声。但是此刻，她听到丈夫梦魇般的呻吟声，而且，反复念着一个叫奎多斯的名字。

原来15年前的一个晚上，帕西警官正在追捕一名行凶抢劫的歹徒，随着他"砰砰"两声枪响，黑暗中发出一声惨叫！他冲过去时，不禁倒吸了一口冷气，躺在地下的是一个受伤的无辜者，正抱着头部痛苦呻吟。于是,他赶快将这人送往医院,经过医生拍片检查,这个叫奎多斯的人脑内嵌入一小块残弹片,而且无法动手术取出……

这一误伤事件发生后,帕西警官犯下了不可饶恕的错误,他没有如实向警局禀报,竟然一直隐瞒了下来。

"你为什么不向上司禀报?"妻子疑虑地问道。

"因为当时我涉入警界不久,"帕西警官的眼光暗淡下来,喃喃地道,"害怕上司处分,影响我的前途。另外,害怕受到同事们的背后议论和嘲笑……"

"那么,奎多斯为什么一直没有告发你?"妻子又问道。

"子弹不是直接打进去的,而是落在某处猛地反弹了回来,有一小块嵌入他的脑内。另外,他没有看到我开枪,极可能认为是歹徒对他施暴。事实上,歹徒扔在现场的只是一只塑料假手枪。"

"这是我人生中难以洗清的'污点'。"帕西警官的声音也变得嘶哑起来,"我真的对不起奎多斯先生,事后,我曾经多次给他钱,作为对他精神上的一种补偿,但都被他拒绝了。我想奎多斯先生这次一定会来找我的,因为他只有这么一个儿子。"看着流下泪的妻子,帕西警官叹了口气说道。

果然,两天后的一个上午,帕西警官接到奎多斯打来的电话,想跟他谈一谈,约定中午在一家酒吧见面。

帕西警官便早早来到这家酒吧,少顷,奎多斯来了,他的身体比以前更瘦弱,更苍老了,帕西警官的心里难过起来,奎多斯以前是个壮硕的汉子,自从脑内嵌入那块该死的残弹片后,大脑每天疼痛几次,忍受着生不如死的痛苦折磨,身体垮了,此生的命运也改变了,而这一切都是他造成的。

此刻，帕西警官很希望奎多斯开口，主动提到他儿子进监狱之事，但对方始终沉默不语。帕西警官终于忍不住了，轻轻咳了一声：“奎多斯先生，你是为你儿子的事来的吧，他的问题……怎么说呢？真的很严重，不过，我会尽最大的努力，设法减轻他所犯下的……”

“帕西先生，”奎多斯愣了一下，表情冷冷地开口了，“我不知道你在说什么，减轻我儿子的罪行，真的对你就这么重要吗？”

“就算你这次能保他无事，下一次呢，你还能保他走出监狱吗？”

帕西警官的脸像被人重重扇了一耳光，头一次涨得通红，“那么请问，奎多斯先生，你今天找我究竟——”

“我想我应该告诉你实情了。”

“什么实情？”

“15 年前的那个晚上，知道我为什么蹲在那个黑暗之处吗？”奎多斯露出很痛苦的神色，声音也变得沙哑起来，“因为我起了歹心，想潜入我们老板家中行窃，刚翻上院墙时，突然枪声响了，吓得我赶紧跳下来，谁知还没站稳，后脑勺就像被钢锥狠刺了一下……”说到这里，奎多斯稍顿了下，又深深叹出一口气，“正由于我做贼心虚，所以这么多年来，除了拒收你送的钱外，从没有想到要去告发，心里还对你充满了感激之情，因为你和所有的人一样，从来就没有怀疑过我，并认为我是个好人。”

“我的脑内深深嵌入这么一块残弹片，折磨并让我痛苦了 15 年。但是今天，我才知道帕西先生这些年也活得很痛苦，脑内也嵌入了一颗‘残弹’。这是十分可怕的，因为它开始扭曲你的灵魂，带给社会的将是更多的痛楚、伤害及灾难。”

“帕西先生，法律在任何一个国家，对待任何一个人它都是神圣的、无情的,不会怜悯和宽恕曾经亵渎过它的人!”

奎多斯说到这里,看了呆住的帕西警官一眼,缓缓地走了。

小镇上的平安夜

小镇往年的平安夜,充满了祥和与喜庆的气氛,挂在圣诞树上的各种小彩灯闪烁变幻,让人感受到佳节之夜的温馨。今年却不同了,风雪卷来的是一片透骨的凉意——恶棍弗鲁卡提前被监狱释放了。

人们的心也变得忐忑不安起来,弗鲁卡曾从监狱里放出风:他出狱之时,就是小镇的灾难之日。如今这家伙回来了,他将用什么样的手段报复?头一个报复的对象又会是谁呢?大家私下议论和猜测着,相反,今年的平安夜由谁来扮演圣诞老人,却没有人关心了。

小镇迎来了最冷清的一个平安夜。人们早早地来到银匠勒布朗的家中,因为六年前,就是他联名全镇的人,将镇上的害群之马弗鲁卡扭送到警局的。弗鲁卡头一个报复的对象无疑是他。大家围坐在火炉旁,商量着如何对付弗鲁卡报复的事儿,孩子们则在院内嬉闹,无聊地堆起一个起名为“坏蛋弗鲁卡”的雪人。

纷扬的雪花中,突然响起一个慈祥老人的声音:“孩子们,圣诞节好!”

原来是圣诞老人来了!只见圣诞老人胸前白须飘飘,穿着一件红长袍,还挎着装糖果的背包。孩子们欢呼雀跃了起来,马上围了上去。圣诞老人一边分发糖果,一边和蔼地问道:“孩子们,平安夜过得愉快吧?”

“不,圣诞爷爷,我们过得一点不愉快。”小吉克忧郁地摇着头,他是银匠勒布朗10多岁的孙子。

“为什么?”圣诞老人露出吃惊的神色,“孩子们,难道小镇发生了什么令人不安的事情吗?”

“您知道弗鲁卡吗?”另一个孩子抢着回答,“他被监狱放回来了!而且,他会第一个报复小吉克的爷爷,这个坏蛋以前在镇上可是坏出了名的……”

一个孩子气愤地朝堆积的戴着破草帽的雪人踢去:“弗鲁卡,你这个大坏蛋!”

“这是真的吗,太可怕了!”圣诞老人显得更吃惊了,追问起来,“镇上人是怎么知道弗鲁卡会报复小吉克的爷爷的,有谁亲耳听到那个坏蛋说这种话吗?”

孩子们面面相觑,他们是听大人们说的。一个孩子赶紧跑进屋里去问。少顷,银匠勒布朗和大家走了出来,聆听着圣诞老人与孩子们的对话。

“知道吗,经过多年的监狱生活,弗鲁卡已经变了,他为过去深深地感到忏悔。特别是当他知道他的母亲这些年来的生活是由全镇上的人轮流供养,直到今年5月病逝,全镇上的人又像对待自己家的老人一样安葬了她,他流了很多泪……”

也许受了风寒,圣诞老人剧烈地咳了一阵,声音也变得嘶哑起来:“孩子们,请相信圣诞爷爷说的话,在这个充满祥和的夜里,弗鲁卡会随着平安夜钟声的敲响,为全镇上的人虔诚祈福。然后,他将平静地到另一个世界去。”

“什么,弗鲁卡要去见上帝,这是真的吗?”人群中不知谁问

了一句,大人和孩子们都惊讶地怔住了。圣诞老人叹了一声,回答道,“不错,他在狱中患了不治之症,生命对现在的他来说,如同冬日的一片枯叶即将飘落。”

“但是,他必须回到小镇上来,了却他心中一个最大心愿,如果平安夜大家能接受他的一声祝福,对他来说,是一种莫大的幸福。否则,他到了上帝那儿会很痛苦,良心也将永远得不到安宁。”圣诞老人不无伤感地说道。

四周一下子沉寂下来,只有雪花在院内无声无息地飘洒。突然,小吉克哽咽了起来:“弗鲁卡叔叔真可怜!他也为镇上做过好事呢。我听爷爷说,我五岁时很调皮,掉进水塘里,是他救了我。我还听拜纳大叔说,有一次几个恶棍抢劫他的货,弗鲁卡叔叔看见了,不仅帮他夺回货,还用拳头教训了那几个家伙一顿。我还听娜芭大婶说,她家放养的几只奶羊不见了,弗鲁卡帮她寻找了整整一晚上……”

“谢谢你,小吉克。”圣诞老人听到这里,眼睛不禁湿了,弗鲁卡以为镇上没有人记得他做过的好事情,想不到连一个孩子都还记得。弗鲁卡没有什么可遗憾的了。他又抚摸了一下小吉克的头,“再见了,孩子们,我还要顺路去探望一下德巴大娘,听说她的女儿病得很厉害,这真让人揪心。”

在一片从未有过的肃穆气氛之中,圣诞老人朝院门外走去,蹒跚的背影在雪夜中消失了。

人们的表情变得格外凝重起来,在银匠勒布朗的叹息声中,大家扒掉了孩子们所堆积的那个戴破草帽的雪人,每个人的内心深处都有一种叫作温暖的东西在涌动——人们没有理由不相信,也没有一个人怀疑,弗鲁卡的来生,一定会做个像圣诞老人一样的好人。

小吉克突然冲了出去，边跑边喊，风雪把他的声音送得很远很远，“弗鲁卡叔叔，祝您一路……走……好！”

开往火葬场的殡车

在郊外丛林一个很隐秘的木屋，大毒枭约鲁逊终于落网了。

约鲁逊一点儿不惊慌，甚至对抓他的警官泽西不屑一顾。因为他这么多年已经用金钱为自己编织了一张庞大的保护网。他相信，在区区的奥西里，只要他被抓的消息一传出去，要不了几天，就会像以前一样被无罪释放，还会有人为他设宴压惊……

可是这一次，约鲁逊发现情况有些不太妙，警官泽西将他押上的不是警车，而是一辆事先准备好的殡车，并令他换上一件带有枪眼还粘满血污的衣服，然后朝火葬场方向徐徐开去。约鲁逊的脸色变了，质问警官泽西，为什么不将他送往警察局关押，交由检察院起诉？

警官泽西开始没理睬他，脸上也毫无表情，直到殡车驶出那片丛林，才冷眼盯着大毒枭说：“约鲁逊先生，可能这是你最不幸的一天，恐怕你再没以前那么幸运了，火葬场将是你最好的归宿……”

“什么，你想将我送进焚尸炉，化为烟囱冒出的一缕烟灰，让我从此在这个世界上消失？”

“不错，刚才我按住你的那会儿，塞入你嘴中的不是巧克力，而是一颗半小时后发作的安眠药，这样在见到上帝之前，你就不会冲动地大喊大叫了!”警官泽西看了下车窗外,又露出几丝嘲笑的目光,“而且手续也替你办好了,你将不再叫约鲁逊,而是顶替一个叫摩里西的死者的名字。他因为无力偿还吸毒所欠下的一笔债,被你的手下昨天用枪打死了。”

约鲁逊不禁呆住了,面部一阵抽搐。他马上换上央求的口气:“这样吧,你带我去见你的上司、也就是警察局长辛弗里先生,我给你 50 万美元。怎么样,足够你这一生花的。”

约鲁逊心想,只要能见到警察局长辛弗里,他就有救了,而且还能将眼前这个可恶的泽西置于死地,以前是小觑了他,留下这么一个可怕的“隐患”。所以此刻,他就像赌徒一样拼命加码,从 50 万美元加到 100 万,又从 100 万加到 300 万。

当约鲁逊加到 500 万美元时,一直摇着头的警官泽西,突然发出冷笑声:“约鲁逊先生,你别枉费心机了,知道我现在是执行谁的密令吗?”

“难道是辛弗里的命令不成?”

“你总算猜对了!还有你的另一位朋友——检察长凯尔先生,他也希望你能尽快在这世上消失。”

“你胡说!”约鲁逊像被毒蝎蜇了一口,猛地大声咆哮了起来,“不可能,这是不可能的事!你骗不了我,而且我早就知道,你想将你的上司送上最高法庭,可你拿不出任何证据……”

约鲁逊声嘶力竭地喊叫了一阵后,慢慢地冷静下来,但看到警官泽西那一副似笑非笑、带着冷漠和嘲讽的眼神,而且不想和他浪费口舌时,大脑不禁又陷入一片迷乱,冒出了许多疑问:他藏匿于如此隐秘的地方,只有警察局长辛弗里知道,这段时间风声紧,莫非这家伙嗅到什么,害怕他落网后牵扯出他这个幕后的警察局长?

想到这里，约鲁逊不禁打了个冷战，因为他太了解辛弗里了，他比自己还冷酷、残忍。去年因另一名叫拉迪的警官欲告发他的罪行，结果遭到车祸谋杀，甚至连拉迪怀孕的妻子也没有放过。还有，为了报复离异的妻子，辛弗里竟以走私罪为名，将大舅子抓进监狱……

此刻，透过车窗玻璃，前面出现火葬场那根耸立的烟囱，约鲁逊感到了一种死亡的恐惧感，一点不错，把他一个大活人当死人火化，一定是辛弗里想出的，只有他才会想出这种毒辣的手段。

约鲁逊的精神彻底崩溃了，他像伤兽般不顾一切号叫起来："辛弗里，你这个该死的杂种，没有老子用金钱为你铺路，你能爬上警察局长的位子吗？还有检察长凯尔，是老子把他喂肥的，那只贪得无厌的猪——"

接着，在歇斯底里般的喊叫声中，约鲁逊又说出了一串肮脏的名字，竟还有几个是声名显赫的政要、议员。

也就在约鲁逊交代的同时，警官泽西打开了携带的录音机，一字不落地全部录了下来。殡车也绕开了火葬场，驶上另一条道，那是驶往意大利首都罗马，也是驶往国家最高检察署的高速公路。

约鲁逊惊恐地看着，"啊"了一声猛醒悟过来，他一次次躲过法律的惩罚，但这一次，他栽了，钻进了警官泽西事先为他设好的圈套里……

证 词

"警官先生,我并不是为了悬赏才出面为那起枪杀案作证的,如果是那样的话,上帝将不会饶恕我。"马迪奥显得很激动,一张脸也涨得通红,根本不给找他调查的警官沃力插话的机会。

作为案发现场唯一的目击者,马迪奥已经向警官沃力反复讲述了几遍:当时夜已深了,一个女人驾着福特轿车从他身旁驶过,谁知在前面不远的拐弯处,遭到两个彪形大汉拦截,并像抓小鸡似的从车内拖出女人。接着,又出现了一个戴墨镜的男子,掏出枪打死了女人。等到马迪奥赶过去时,三个男人已驾车逃走了!女人死了,身旁还有一只凶手扔下的沾满血迹的白手套……

马迪奥刚从巴西移民到美国,与受害者非亲非故,与杀人凶手更无冤无仇,他只是出于良知和义愤:"警官先生,这几天我从报纸上看到,凶手获得了'保释',他的父亲是什么州议员……应该将凶手绳之以法,让死者的灵魂早一点得到安息。"

马迪奥又用手在胸前虔诚地画了一个十字。

"马迪奥先生,"轮到警官沃力开口了,他脸上毫无表情,"这儿是美国,知道吗?像这种犯罪案子,从警方调查到法官审判,至少要三五年、甚至10年以上的时间。"

"况且,仅凭你一个人的证词,一只沾有血迹的白手套,是不可能将凶手送上法庭的。"警官沃力站了起来:"好啦,今天的调查结束了,以后我会常来的。"

果然以后或半个月，或一个月，警官沃力总会来找马迪奥调查案情，不断提出一些新的疑问：例如“当时现场还有其他目击者吗？”“凶手的另一只白手套呢？”等等。刚开始时，马迪奥还能重复他所说过的证词，随着时间一长，这种“马拉松”式的案情调查，让他感到厌倦起来，加上生活的压力，他头脑经常发胀，精神也总处于一种恍惚的状态。

七年一晃过去了。

这天，警官沃力又来找马迪奥调查，还带来了凶犯所聘请的律师。马迪奥已经变得麻木不仁，调查也变成了警官沃力问一句，他答一句。

“马迪奥先生，据我们深入细致地调查，你的祖父，还有你死在巴西的父亲梅多伦，生前都患有严重的‘梦游症’……是这样的吗？请不要隐瞒。”

“是的。”马迪奥木然点了下头。

“请问马迪奥先生，”律师瞥了沃力警官一眼，拖起腔问道：“七年前的5月9号，也就是你目睹案发的当晚，你喝过酒吗？”

马迪奥两眼茫然：“七年前的事儿，我记不太清楚了，好像那晚是喝了一点……”

“不，那晚你完全喝醉了！”律师马上打断，“据赛尔酒吧的老板说，那天晚上，你怀疑妻子有外遇并与妻子发生了吵闹，喝了一瓶半白兰地，外加五瓶啤酒。有这么一回事吗？请如实回答！”

“让我想想，”马迪奥语无伦次，竭力回忆着早已淡忘的七年前的那个晚上：“好，好像傍晚的时候，我去过赛尔酒吧……”

“那你究竟喝了多少酒？”警官沃力的口气变得严厉起来。

没等马迪奥回答，律师又掏出了几张并连一起的照片，让大脑变得混沌一片的马迪奥辨认，朦胧的夜色下，静寂的大街一角，两个彪形大汉从车内拖出一个女子，接着，从另一辆车上钻出一个戴墨镜的男子，抓住女人头发就是一顿毒打，然后，从衣袋里掏出枪，朝女人连开数枪……

“不错，当时现场情景就是这样！”马迪奥叫了起来。

律师马上露出了笑容，对警官沃力说：“警官先生，现在事实完全可以证明，马迪奥的大脑出了问题，因为我们给他看的这一组照片，其实是好莱坞拍摄的电影《黑色大街谋杀案》中的剧照。”

警官沃力也点点头，看看满眼迷惘的马迪奥，重重地拍了下他的肩：“马迪奥先生，谢谢你，今天终于说了实话！”

走出沼泽地

多诺奥潜入这片丛林好几天了。冥冥中，他感到埋藏巨款的地方离自己越来越近，但他也察觉到，周围暗处之中，有一双眼睛始终在注视他的行踪。

夕阳时分，他搜寻到丛林深处的沼泽地，弯起腰，试探着踩住一根腐烂的浮木，又跳上另一根，准备跃身奔向沼泽地中央时，突然背后传来一声大喊：“危险，别过去！”

多诺奥转过头，只见林中走出一个身材瘦小、背着猎枪的男子，所带猎犬朝他狂吠不止。男子制止住猎犬，脸色温和地说：“这位不速之客不是坏人，小时候，我们天天在一个锅里吃饭……”

“哥哥！”多诺奥稍呆了一下，马上惊喜地喊起来。他做梦也想不到，竟会在这个两国交界且少有人来的丛林中，见到逃亡在外已20多年、如今隐姓埋名替人看守林子的哥哥多诺斯。

多诺斯也很激动，带着弟弟多诺奥回到自己栖身的小木屋后，他烧了一盆野兔肉，打开了酒瓶，首先打听起父母的情况。

“去天堂啦！爸妈他们早没了。”

多诺斯心里一阵悲伤：“那么你嫂子呢？她带着孩子还好吗？”

多诺奥摇摇头，放下了酒碗：“那年你参与劫持运钞车外逃后，嫂子像疯了似的带着孩子到处找你，不料遇到车祸，孩子当场死亡。嫂子她……至今还在精神病院里，每天喃喃地就重复一句话——‘多诺斯你这个混蛋，还我的儿子’……”

多诺斯痛哭起来，多诺奥也擦了下泪，愤然说：“只怪这个社会太不公平了，如果你像那些富人拥有豪华的房子、车子，还有一生都花不完的钞票，会妻离子散、逃亡流落到此吗？”

“不！多诺奥，这全怪哥哥，当年不该起歹心。”多诺斯深陷悲哀之中，嗫嚅地道，“不属于自己的钞票，你不去动，它就什么都不是，仅一堆废纸而已。可是，一旦你为了满足自己的私欲铤而走险动了它，它就变成了陷阱……”

“如果是不义之财呢，难道也不能动？”多诺奥突然打断哥哥，冷不丁冒出一句。

见哥哥愣住了，用一种惊异的目光盯着自己，多诺奥马上换了语气：“我听说，关押在监狱的奥地利银行的前高官死了，但他生前贪污的5000万美元赃款一直下落不明——”看看漆黑的外面，林中夜莺的啼声隐约传来，“哥，我喝多了酒……想早点儿休息。”

多诺奥很快发出了鼾声。多诺斯心里仍充满了得知亲人已逝的哀伤，同时也蒙上了一层阴影——显然，多诺奥那句冷不丁冒出的话，让他像猎犬一样警觉起来，他已经知道弟弟成了家，但生活过得很艰难，前不久又失业了。

第二天清晨，多诺奥悄悄起床，蹑手蹑脚正欲走出去，哥哥忽然翻身起来了："多诺奥，你要去哪儿？"

"我，出去转转。"

"不，你是想去那片沼泽地。"多诺斯紧盯着弟弟，"从你一踏进这片丛林，我不仅发现了你，还发现有另外的人。古老的中国有一句俗语，'螳螂捕蝉，黄雀在后'。你绝不能踏进那片沼泽地半步！"

"哥，既然你已经知道了，我也就不隐瞒了。"多诺奥终于承认他这次就是为那5000万巨款而来的，想不到在此碰上了哥哥多诺斯，而且也搜寻到了巨款埋藏的地方。"哥，我们一起干吧。只要我们兄弟弄到这笔巨款，今生也就彻底改变了命运，那么，也有钱替嫂子治病了。"

"多诺奥，哥哥已经栽倒了一次，"多诺斯淡然摇了下头，"今生都得不到你嫂子的饶恕，所以，哥哥再不可能重蹈覆辙，更不可能让我的亲弟弟误入沼泽地，不然的话，这将是我一生中最大的罪过！"

多诺奥却根本不听哥哥的劝告，也不耐烦了，他冷笑一声朝外走去。多诺斯呼唤起外面的猎犬："黑豹，堵住他！别让他走开！"

随着外面几声猎犬的怒吼，多诺奥退了回来，气急败坏之中，他拔出了一把手枪，抵着哥哥多诺斯，令他马上拴住凶猛的猎犬，不然他就不客气了！

兄弟俩正僵持不下时，从沼泽地方向突然传来一声爆炸的巨响，兄弟俩怔了一下，马上同时朝沼泽地方向奔过去。

浓浓的黑烟还没有散去，一片死寂之中，只见沼泽地中央被炸开了一个很大的窟窿，显然，炸药是事先就埋好了的。天空飞舞着许多花花绿绿的钞票碎屑，如蝴蝶般飘落下来，洒在兄弟俩的身上。多诺奥失神落魄中看到，这些钞票的碎屑上都沾着鲜血……

这一天，多诺斯带着多诺奥走出了那片森林，也走出了人生的沼泽地。

绑架千万富翁

美国纽约有一伙歹徒，听说大富翁盖恩进了一家小酒馆，就持枪冲了进去，想抓住盖恩讹诈一笔钱。

“谁是盖恩?”为首的歹徒是个独眼龙，他见没人站起来，便走到一位衣冠楚楚的先生面前，用枪顶着他的脑门，“你是盖恩?”

“不是不是，我叫亨利。”

“那么你是?”独眼龙凶狠地转过身，把枪指向另一胖者，那胖者的脸都吓白了，语无伦次地说：“我，我是个出租车司机，叫迪茨……”

最后，只剩下坐在角落的那个老者了。独眼龙犹豫不决，因为那是个穿着十分寒酸的老者，满脸病态，穿的西服皱巴巴的，放在桌上的礼帽还打着补丁……

一旁的男招待说:“他是一位可怜的孤寡老人,每星期来店里一次,而且,每次只要一杯廉价的咖啡……”

男招待正说着,那老者站了起来,拿起桌上的礼帽,拄着一根拐杖,走到独眼龙的面前问道:“先生,你们是在拍电影吗?”

独眼龙一愣,朝一旁正在用摄影机拍摄现场的同伙瞥了一眼。原来,这伙歹徒每次绑架富翁时,都要拍下现场的情景,然后寄给富翁的家属,让其家属确信富翁是落入他们的手中后,主动找他们谈赎金和其他条件。

“不错,”独眼龙粗声地回答老者,“我们是太平洋环球摄影公司的,今天摄制组来该店……”

“一看到这种场面,我就知道是怎么回事了!”老者打断独眼龙的话,自言自语地说,“一个月前我在芝加哥,也遇到过这种场面,那伙人说他们是好莱坞的。不过,后来他们给了我 50 美元。”

“给你 50 美元?”独眼龙露出疑惑的神色。

“是的,现场的人都应该算公司所聘的临时演员。按规定,是要给报酬的。”老者说到这里,咳了几声,眼中流露出对钞票的渴望,“不知这一次,先生能给我多少?”

独眼龙想发火,最后还是忍住了,掏出 20 美元,重重地拍在老者的手上:“走吧走吧,今天我们要拍的电影里头,不需要你这样的演员。”老者接过这 20 美元,走到店门口时,似乎又记起了什么,“先生,我的那杯咖啡还没付账。”

“啰唆什么?”把守店门口的歹徒不耐烦了,推了老者一下,“赶快滚蛋吧,那杯咖啡我们替你付账好了!”

老者离开后,独眼龙发现老者的拐杖没带走,杖头镶有一颗珍贵的绿宝石。独眼龙就用手抠了一下,没想到,一个苍凉而衰老的声音从杖头内传了出来:“20 多年前,我曾是纽约黑手党的第三大头目,靠绑架和贩毒而成为千万富翁。虽然我成了世上最有钱的人,但是在警方的通缉、仇家的追杀下,20 多年里,我相继失去了爱妻、两个儿子,就连最心爱的女儿黛丽,也精神失常自杀了!如今,我已经是七十多岁的人了,而且患了绝症。所以,即使你们绑架了我,也会令你们失望的,因为,一旦我遭遇不测,我的律师将会按照我的遗嘱,将我所有的遗产捐给慈善……”

“啊——”独眼龙没听完,就发出一声惊叫,“我们上当了!”

原来放走的那个老者,就是他们要绑架的大富翁盖恩。杖头内装有微型录音机,而盖恩的这番忏悔,显然是事先就录制好的。正当这伙歹徒目瞪口呆时,外面响起警笛声,大批警察冲了进来……

抢劫的真相

位于凯肯大街的银行,遭到抢劫。警官多迪赶到现场时,作案者还没有离去,他个头不高,面容憔悴,是个 50 多岁的男子。

作案者嗫嚅地说:“警官先生,当我决定抢劫银行时,我已将行动计划通知了媒体。”

柜台女营业员说:“这个人,只抢劫了一美元。”

警官多迪就将他带到警局,开始做审讯记录,“以前犯过什么案吗?叫什么名字?”

“这是我第一次作案,我叫迈索尔。”

“迈索尔?”警官多迪怔了下:“你一直叫这个名字吗?”

“是的,警官先生,几十年来我就叫这个名字。”迈索尔咳了声,捂着胸口皱了下眉,“我作案的动机,是想尽快进监狱,还希望能在里面多待几年。”

警官多迪还未开口,迈索尔又道:“因为我的身体状况很糟糕,心脏不太好,另外,我的右手和左腿经常麻木,极可能是中风前的预兆。可是我没有钱医治,用‘一无所有’来形容我目前的处境一点也不过分。”

“这么说,你进监狱的目的,是想监狱请医生替你治病?”

“不错,”迈索尔看看沉下脸的警官多迪,流露出一种迫切的目光,“监狱里的囚犯有这种待遇,而且是免费的,我早就打听好了!”

“警官先生,如果你认为我犯下的罪行太轻,放我出去的话,我还会作案的。”迈索尔又加重语气补充道。

警官多迪没再问了,将他关进了囚室。

第二天上午,警官多迪又继续审问迈索尔,满面严肃地道:“迈索尔先生,我已经调查过了,你并不是一个穷汉,曾经做过金融、房地产等方面的生意,是个千万富翁。而且,你还十分热衷慈善事业,捐了很多款……”

“那是以前的事了。”迈索尔呆了下,脸也涨红了,“因为这几年陷入金融危机,我已经破产了!你也知道,在我们美国,富人一夜之间变成穷光蛋,不是什么新鲜事儿。”

“警官先生,”迈索尔稍顿了下:“我想你一定将我的案子移交给法官了,今天可以送我入监狱吗?”

警官多迪却摇了下头,淡然笑了笑:“你拿着恐吓信,去银行抢劫了一美元,虽然触犯了法律,但是,我不会将你送入监狱的,也没有哪个监狱欢迎你这种‘囚犯’,况且事先,你将作案计划通知了媒体,说明你并非是必须关入监狱的那种人。”

见迈索尔呆住了，警官多迪的声音也提高了："另外，我已到银行查过了，你还有 10 万美元的存款，这些钱完全能支付你治病的费用。"

迈索尔低下头，沉默了一会儿，喃喃地道："我是有这笔钱，但是，两年前我答应了切尔夫人后，这笔钱就不属于我了。"

"能告诉我真相吗？"

迈索尔犹豫了下，口气缓慢地讲述起来，原来两年前的一天，他接到一个叫切尔的女人的求助信：丈夫不幸死于车祸，她带着三个孩子在费城生活，日子过得十分艰难。看到有一个奶牛场要转让——她想接下来，改变自己贫困的命运。因为需要 10 万美元，她想到了迈索尔，于是就写信求助。迈索尔当天就回了信，说他十分乐意帮忙。切尔夫人也很快来了信，说她会亲自来取这笔借款。不料，日子一天天过去了，切尔夫人不知何故没有来。

"虽然现在，我的处境十分糟糕，也很需要这笔钱。"迈索尔说到这里，看看警官多迪，"但是，万一哪天，切尔夫人来了怎么办？在承诺面前，相信警官先生，你也会像我这样做的。"

警官多迪不作声了。

这天下午，警官多迪亲自开着车，将迈索尔送到郊外的一所医院，他将在这里得到很好的治疗。迈索尔并不知道，这所医院就是当年他和许多慈善人士捐款修建的。警官多迪离开时，对迈索尔笑道："您以前帮助过很多人，如今有困难了，理应得到社会和大家的帮忙，这也是一种回报。当然，我也要提醒先生，以后不要再干法律不允许的事了！"

和八百万美元的一次旅行

客车在崎岖的落基山脉行驶了两天,明天中午,就可以到达与加拿大交界的艾凡斯小镇了。罗洛斯按捺不住内心的兴奋,抚摸了下身旁的密码箱,里面装有八百万美元现钞,这是一家公司还给摩根银行的欠款。

罗洛斯是摩根银行的信贷员。两天前,他到这家公司拿到这笔巨款后,并没有返回洛杉矶,而是携带着这笔巨款登上了开往艾凡斯小镇的班车。艾凡斯小镇是他的老家,地处偏远的两国交界之处,他太熟悉小镇的情况了,没有人会向警方告密。另外,他早就关掉了手机,就算银行向警方报案,警方也不可能马上查找到他的下落。

罗洛斯已经盘算好了,在老家小镇休息一两天后,到加拿大去,然后飞往意大利的佩萨罗,他爱上了一个意大利女孩,是在奥勒滑雪场结识的,有三四年了!他曾经向女孩许诺过,要在海边买一幢漂亮的小别墅,然后结婚,过上梦寐已求的有钱人的那种生活。

傍晚时分,客车停靠在路旁一家小旅店,司机让大家下车,晚上就在这家小旅店吃饭、住宿,明早再启程。小旅店吃饭便宜,住宿条件却不怎么好,两个人一个房间。罗洛斯吃完饭,刚到房间没一会儿,一个瘦小的老者进来了,这老者有60多岁,面容清瘦,除了一个旅行包外,怀里还抱着一个黑陶罐。在车上,罗洛斯就注意到，这老者不苟言笑，怀里始终抱着黑陶罐，看他那副谨慎的神态，罐内像是装有什么珍宝……

罗洛斯没有想到，今晚这老者与他同住一个房间。

由于心情极好，罗洛斯就主动和这老者聊了起来，得知这老者叫卡恩，从芝加哥来的，以前从来没有来过这地方："卡恩先生，你是去艾凡斯小镇的吧？那儿风景虽然很好，但这个季节去那儿旅游的人不多。"

老者放下怀里的黑陶罐，看看他，和善地笑了下："我不是游客，这次我从芝加哥来，去艾凡斯小镇，是想打听一个人……"

"什么人？我老家就是艾凡斯小镇，我想我一定知道这个人。"

"他叫奥洛迪，你知道吗。"

"奥洛迪？"罗洛斯想了一下，马上说道，"我听父亲说过此人，当过牛仔，20 年前就离开了艾凡斯小镇，以后，再也没有他的消息了！"

"他去了芝加哥，先是在建筑工地，后来在一家炼钢厂工作，失业以后，去了旧金山……"

"你怎么知道他的？"

"因为他在我的私营小银行存了一笔款，不算多，有 863.7 美元。"

"怎么，你有自己的私营银行？"

"是的，当年我的私营小银行有 786 个储户。"卡恩看了一眼黑陶罐，眼光暗淡起来，声音也变得十分低沉，"他们都是外来的，像奥洛迪一样贫穷，把所有的积蓄存在我这里，以便有朝一日有钱买房买车。没想到一场厄运降临到我头上，18 年前的一天下午，我不在家，三个男人持枪闯进银行，将我的妻子儿女捆绑起来，撬开保险柜，将所有的钱洗劫一空！由于银行遭到抢劫，引起许多储户的不安和恐慌，纷纷前来银行挤兑，最后，我不得不宣布破产。后来，保险公司赔偿了劫匪抢走的钱，但仍有125个储户受到损失……”

“卡恩先生，这不能怪你，遭抢劫就像遇上自然灾害。储户抢着提款，把银行搞垮，只能怨他们自己。”没等卡恩讲述完，罗洛斯并不介意地打断。

“不，不！”卡恩摇了下头，脸色变得严肃起来，“虽然从法律上说，这也许不算债务，但我是银行主，即使破产了，我也必须承担储户的损失。在这个世上，人不能不讲道义，欠下的债总是要还的！”

看着怔住的罗洛斯，卡恩稍顿了下，继续说了下去，为了还清这笔道义之债，他卖掉了住宅、小车，一家五口租住在地下室。白天，他除了给几家商场送货、当杂差外，还兼了一份推销员的工作；妻子则到小店卖牛肉，一周可挣21美元，晚上给人补鞋；两个大点的孩子卖报纸，帮车场看车。就这样，每攒到一笔钱后，就还给一个急需要钱的储户，并向他们表示歉意。由于一家人生活过得十分艰苦，穷困潦倒，七年前的一个冬天，妻子病倒了，因拿不出钱医治，离开了他和三个孩子。妻子死后，卡恩更加拼命地工作，每当他和孩子攒到一笔钱，就像往常一样送到该还的储户手上，无论储户家住多远，或者离开了芝加哥……

“卡恩先生，那您是今年找到奥洛迪的吗？”

“是的，通过旧金山的一位朋友。我找到奥洛迪时，他已经患了绝症，躺在医院里，我对他说：奥洛迪先生，请您放心，就是您不在了，我一定会将所欠的钱亲自还到你的家人手上。”

卡恩说到这里，抚摸了下身旁的黑陶罐：“没过几天，奥洛迪死了，我帮助料理的后事，黑陶罐里装的就是他的骨灰。”

“这么说，你这次专程来艾凡斯小镇，除了送奥洛迪的亡魂回来外，还将所欠下的债送到他家人的手上！”罗洛斯喃喃地问道。

“是的，我必须把这笔欠款，包括这些年来的利息，一分不少地送到他的家人手里，并表示我的深切歉意。”

罗洛斯垂下了头，卡恩也沉默了下，露出一种轻松而解脱的神情：“奥洛迪是我最后一个储户，如果能把欠款还给他的家人手上，那么 18 年前所欠下的一切债务，我也就全部还清了！无债一身轻了！”

看着脸上充满喜悦的老者卡恩，罗洛斯许久没有说话，头却垂得更低了。

此时夜已深了，因路途上的疲劳，卡恩先上床睡了，他睡得十分安稳，没一会儿就发出轻微的鼾声。

罗洛斯却辗转反侧，失眠了。

第二天早上，卡恩醒来时，发现罗洛斯早就起来了，手中提着密码箱正准备走出去，卡恩马上关心地问：“年轻人，你不是回艾凡斯小镇的吗？”

“不，我不回去了。”

“为什么？”

“因为我继续再走下去，就没有回头路了！”罗洛斯嗫嚅地道，稍顿了下，看看露出惊讶目光的卡恩，“我是个信贷员，有一笔 800 万元的公司还款在我手上。已经第三天了，我今天必须赶回洛杉矶去，将这笔钱交给银行。”

罗洛斯走到门口，又回过头，对像是明白什么的老者卡恩笑了笑：“我想我应该像先生一样，守住道义的底线，今后我的人生才是完整的！”

欲望凶宅

雄田是横滨有名的房地产商,他最痛恨一个叫山本一郎的作家。六年前,雄田所出租的一处小别墅发生碎尸案,被山本一郎写了一本名叫《凶宅》的书。该书描写得极为恐怖,凶手佐木医生如何杀死女佣人及如何残忍分尸的血淋淋场面都活灵活现,人们至今谈虎色变,雄田也倒了大霉,那座"凶宅"一直空着,多年来无人问津。

这天,雄田接到一个叫野岛的人的电话,称他们夫妇刚从国外回来,想在横滨买一处幽静的小别墅。雄田喜出望外,第二天,他就亲自驾车陪同野岛夫妇,带他们去看想要的乐园。这座小别墅坐落在海边,四周花木葱郁,环境十分宁静。雄田向野岛夫妇介绍了一番后,又满脸堆笑地说,"我要的价钱,在横滨已经是最低的,如果野岛先生满意的话,我们明天就签售房协议,行吗?"

"行,行!"野岛连声点着头,妻子加代子却将丈夫拉到一旁,犹豫地提出疑问,"这么好的小别墅,价钱又便宜,为什么一直空着没人买呢?是不是以前发生……"

见雄田听着一怔,不高兴地嘟囔着什么,野岛拭了下眼镜,马上用道歉的口气告诉雄田,他们夫妇这些年生活在国外,但国外并不是天堂,去年,妻子和几个英国人到菲律宾旅游,遭到当地恐怖分子的绑架,精神受到很大伤害,晚上经常做噩梦。就因为妻子的健康原因,他才带妻子回国,想在横滨买一处幽静的小别墅,好好陪伴妻子养病……

说到这里,野岛看看面色苍白的妻子,温柔地安慰道:“我们应该相信雄田先生,要不,明天签订售房协议时,请雄田先生加上‘精神赔偿’这一条款,我想雄田先生一定会同意。”

加代子这才笑了笑:“雄田先生,你愿意吗?”

“既然你们从没来过横滨,又一直是生活在国外,”雄田沉吟半晌,又仔细打量了下这对文质彬彬的夫妇,最后痛快地点了点头,“可以,我完全赞成夫人的意见。”

第二天,野岛夫妇签了售房协议走后,雄田异常兴奋,也如释重负般松了一口气,因为这桩买卖成功了!雄田压抑不住内心的得意,这天中午,他喝了整整一瓶酒……

谁知还没半个月,雄田的麻烦就来了。那天,他正在办公室接电话,野岛突然闯了进来,面孔愤怒得像鸡冠一样红:“雄田先生,你今天必须说清楚,你卖给我们的那座小别墅,以前是不是发生过碎尸案?”

雄田闻言脸色骤变,马上站了起来,矢口否认:“这是谣言,完全是无中生有的事。”

“你别再欺骗人了!”野岛义愤填膺,不容雄田再狡辩下去,就掏出了一本书,扔在雄田的桌前。雄田不禁怔住了,那本书赫然正是山本一郎写的《凶宅》。

原来,野岛夫妇买下樱花小别墅后,日子过得十分惬意,白天,他们夫妇就在花园侍弄花草,傍晚一起到海边散步,晚上看看电视。由于加代子喜欢看书,野岛就上街买了许多书籍,供妻子阅读和消遣。没想到妻子读了这本《凶宅》后,感到一阵巨大恐慌,她颤抖地告诉丈夫说,该书描写的作案现场就是他们的家。野岛开始不相信,看完后也陷入了惊恐不安之中。更恐怖的是,作者还在该书结尾特地做了说明，当初警方结案时，死者的尸块始终没能找全，可以肯定还有一部分仍藏在房屋或花园的某个地方。

“雄田先生，你的这种欺骗行为太可耻了！”野岛气愤难平，扶了下鼻梁上的眼镜，盯着脸红一阵白一阵的雄田，“我妻子因惊吓过度，心脏病复发，已经住进医院……那座可怕的小别墅我们不要了，另外，我将你告上法院！”

“怎么，你想通过法院向我索赔？”雄田并不害怕，叼起一根雪茄，满不在乎地回答，“野岛先生，法院可能会遗憾地告诉你，目前在日本，并没有这方面的相关立法。”

“不过雄田先生别忘了，”野岛脸上却浮出一种揶揄的笑容，反唇相讥，“在我们签订的售房协议上，白纸黑字写有‘精神赔偿’这一条款，这可是你雄田先生的笔迹。难道不具有法律效力吗？”

“啊——”雄田的背脊猛然像是挨了重重一鞭，一下瘫软跌坐在皮椅上。野岛又发出一阵冷笑，“还有，像雄田这样一个有名望的房地产商，肯定不希望我去找新闻媒体，知道那一定是可怕的后果，即使不身败名裂，房产业生意也会一落千丈。”

“你们买房的款我现在就退还。”雄田终于害怕了，从抽屉掏出一张支票，填好后递给野岛，又有气无力地问，“野岛先生，你想要我付多少精神赔偿？”

“五千万日元！”野岛不假思索地答道，显然这是他早就想好的数目，“这点钱对雄田先生应该不算什么，一定会痛快答应的。”野岛走到门口，又转过头冷冷地，“请雄田先生考虑下，三天以后我再来办公室，希望拿到的是现钞。”

野岛走后，雄田气急败坏地跳了起来，边咒骂着野岛，边抓起桌上他留下的那本《凶宅》,发泄般欲撕毁时,突然撕书的手又僵住了,雄田似乎像是意识到了什么,大脑一下清醒了过来,他马上抓起了桌上的电话……

第四天上午,野岛果然来到雄田的办公室,雄田颓然坐在皮椅上,身边还站着一个瘦长的人,穿着黑夹克。野岛并不在意,神情矜持地说:“雄田先生,三天期限已经过了,你考虑得怎么样?”

雄田一脸懊丧:“我们还是私了吧。不过,有关赔偿的问题,是不是能少点。”

“雄田先生,你最好是闭嘴,听清楚了吗,五千万日元一分不能少!”野岛的口气十分强硬,面孔也变得很凶狠,他看了下表,催促道,“痛快点,马上付现款,我下午还要陪妻子去东京。”

“既然是这样,”雄田露出一副无奈的样子,看了眼身旁的黑夹克,对野岛道,“这是我的财务部长,让他陪你去银行取现钞吧。”黑夹克马上做了个邀请的手势,“我的车就停在楼下,请野岛先生跟我走吧。”

野岛就随黑夹克走了出去,钻进一辆黑色小轿车,黑夹克亲自驾驶着,驶过闹市区时,在银行门口并没有停下,而是朝挂有“横滨警察署”牌子的大楼驶去,野岛感到不妙,慌忙连声道:“停下,停下,我们不是到银行取现钞吗?”

黑夹克没理睬他,将车径直开进警察署大院后,才亮出自己的证件,冷冷地对野岛道,“我是东京警视厅的警官渡边,山本一郎先生,你演的戏也该收场了!”

野岛本想顽抗一番的,但听到警官渡边唤出他的真名“山本一郎”,心里猛然一阵战栗,面如死灰。更让他惊恐万状的是,在审讯室,他见到了妻子加代子,而且,这女人已经向警方坦白交代了。

原来10年前，在东京《朝日新闻》当记者的山本一郎，经常报道国内凶杀之类的案子，一些老板害怕影响自己的房产生意，也经常暗中贿赂他。山本一郎的灵魂开始扭曲，尤其是被报社解雇、摇身一变成了作家以后，他更是将笔触指向发生凶案的房宅，频频出书“炒作”恐怖，然后带着妻子进行讹诈活动。由于受到东京警方的注意，夫妇俩跑到英国躲避，又故技重施，没想到阴谋败露，遭到英国警方的通缉，野岛夫妇只好又逃回国，跑到横滨来了。雄田5年前就成了他们的“猎物”，山本一郎已经和妻子策划好了，拿到五千万日元后，就马上离开横滨。谁知妻子在机场等候他时，被警方抓获，他也被请进了横滨警察署。

审讯结束后，山本一郎仍满脸的疑惑，嗫嚅地问道，“渡边先生，你能不能告诉我，警方是如何识破的？”

“因为你断了雄田的财路。”警官渡边从审讯桌旁站了起来，晃了下手中的书，用嘲笑的口气说，“他对你恨之入骨，所以你写的这本《凶宅》，五年前就被他全部买下了！知道吗，至今在横滨根本就没有这本书。”

爬在车顶的谁

探长麦蒂带着手下，终于在高速公路附近，截下了那辆疾驰而来的大货车。

司机叫泰根，神色有些慌张，从车窗口递出驾驶执照：“这是我的证件。警官先生，我可没有酗酒或闯红灯。”

麦蒂接过看了下，又递给了他："没有谁说你违章，泰根先生，这是例行公务。"

"这么说，你们要搜查我的车？"泰根从驾驶室跳了下来，生气地嚷叫起来："这可不行，今天我必须赶到加利福尼亚州交货，你们没有权力搜查我的车，知道吗？"

"你车上装的什么？"

"蜂蜜，全是桶装的蜂蜜。"泰根斜视了下围上的警察，口气更强硬了，"你们要强行搜查的话，我的老板摩彼德会将你们告上法庭的！"

"是吗？"麦蒂似笑非笑，将目光投向车顶上，"告诉我，趴在车顶的是谁？"

"什么，车顶上趴着人？"泰根赶紧扭头看看车顶，脸色也变了。果然，有一个蓬头垢面，眼露凶光的男子趴在车顶上。

没等泰根解释，其他警察就喊开了："你逃不掉了，警方已经布下天罗地网，别作徒劳无功的反抗，还是老实回到监狱待着吧。"

原来趴在车顶的男子，是从监狱逃出来的囚犯。

见警察的枪口都对准了他，车顶的囚犯无路可逃，只得乖乖下来了，沮丧中竟然骂起泰根："蠢猪，为什么偏走这条路？知道吗，这是我第二次在这条路上栽入警察之手……该死的蠢猪！"

两个警察上前，铐住囚犯推上了一旁的警车。

泰根惊出一身冷汗，问探长麦蒂："既然抓到了囚犯，警官先生，我可以走了吗？"

"当然可以，泰根先生，祝你一路好运。"麦蒂朝他挥下手，朝警车走了过去。

泰根如获大赦似的钻进驾驶室，正欲开动车时，麦蒂忽然又折身回来，原来从车底蹿出一只红蝙蝠，麦蒂伸手抓住，并敲敲车

窗:“泰根先生,你知道那家伙是从什么地方爬上车的吗?”

“这,我也不太清楚。也许是,是在海港码头……”

“那么,你的车在第几仓库装的货?”

泰根避开了麦蒂的眼光,慢吞吞地:“好像是第五、第五仓库。”

“第五仓库?”麦蒂眉头皱了下,这时他的手机骤然响了,麦蒂打开听了下,朝泰根瞥了几眼,马上耸耸肩:“很抱歉,泰根先生,如果你的车是从海港第五仓库……恐怕你走不了了。”

“为什么?”泰根似乎感到不妙了,声音开始颤抖起来:“警官先生,难道我拉的这车蜂蜜有问题吗?”

“不错,这批蜂蜜是从秘鲁运来的。”麦蒂扔掉手中的红蝙蝠,不紧不慢地道,“毒品走私商为躲避警方,在古柯种植场养了大批蜜蜂,从而使蜜蜂酿的蜜中含毒品……警方正到处寻找这批蜂蜜的下落!”

没一会儿,几辆警车飞快驶来,跳下许多警察和警犬。麦蒂突然敲了下车身铁板,冲车底叫了起来:“纳西维先生,出来吧,你的劫杀计划恐怕难以实现了!”

什么,车底下还藏有人?泰根更加恐惧了,这回轮到他问警官麦蒂了:“警官先生,藏在车底下的是谁?”

“一个叫飞蝠的冷面杀手,至于他为什么藏于车底,”麦蒂露出嘲笑的眼光,拍了下泰根的肩,“你应该问你的老板摩彼德。”

泰根的面部一阵痉挛,低垂下了脑袋。麦蒂却抬头看下天,表情十分轻松地说:“今天的天气真好,追捕越狱逃犯,查获出蜂蜜毒品大案,还抓到了通缉多年的冷面杀手飞蝠……明天,我想可以去拉斯维加斯赌一把了!”

逃犯与警官的旅途

罗耶轻松吹着口哨，走进两人一室的软卧车厢，刚放下携带的小皮箱，一个再熟悉不过的面孔——警官费德西进来了。惊恐之中，罗耶整个人就像背脊折断似的，一下瘫软了下来。

19 岁那年，他栽在了这个干练的警官手上。侥幸的是他又从费德西手中逃了出来。如今，17 年过去了，他仍然像荒原上的惊弓之鸟，相信费德西一直如猎鹰般在追踪他，因为没有一个逃犯能逃脱费德西之手，最终都会被他抓住——送进监狱。

列车已缓缓开动。费德西放好简便的旅行包，脸色仍像 17 年前那样毫无表情，看了一眼呆怔站立着、脸色苍白的罗耶："怎么，你不舒服吗？"

"我头，头……疼得厉害。"罗耶语无伦次地答着，瞥了眼半敞的卧室门，欲趁机逃出去。

"是吗？我也有这个'毛病'。不过，今天感觉还不错。"费德西似笑非笑，随手关上了门，似乎更关心地问道，"你去什么地方？"

"加，加奥马里拉。"

"我也去那个地方。那儿新建了一座监狱……我们正好同路。"

罗耶脊背的冷汗冒了出来，对方充满揶揄的口气，使他最后一点想逃走的勇气也消失了。毋庸置疑，费德西这次与他"同

路”,事先必定掌握了他的行踪,同时,也替他安排好了归宿——加奥马里拉新建的监狱。

“你去过比锡那地方吗?”费德西似乎又漫不经心地问道。

“去过,那是西部最偏僻的地方。”罗耶神情木讷,垂头喃喃地道:“那地方什么样的人都有,我流浪到那地方后,做些出卖体力的粗活儿,后来采过金矿,我额头的这块伤疤,就是在井下被一块橘子大小的矿石砸伤的……”

说到这里,罗耶稍抬了下头,突然浑身像被电击般战栗起来,原来,费德西掏出了一张照片,照片上是个年轻而俏丽的女子:“这个姑娘叫茜娜,你见过她吗?”

盯着照片上姑娘,罗耶心里一阵战栗,几乎无法控制自己的情绪,尘封大脑深处的回忆也一下被唤醒了。那是他逃亡到比锡的第五个年头,有一天傍晚,天气十分寒冷,他到小旅店喝酒,忽然听到一个女子微弱的呻吟声。这女子就是茜娜,她孤身一人初来此地,饥饿和寒冷,使她染上风寒躺在小旅店里几天了。正当她感到生命将随寒冬而去时,罗耶走入她的房间,摸了下她的额头,很快找来了医生,并燃起一盆通红而暖烘烘的炭火。整整两天三夜,罗耶没有合眼,直到茜娜苏醒过来……

两人就这样认识了。在以后的相处中,茜娜多次提出想与罗耶结婚,甚至一个深夜,光着身子钻到他的床上。罗耶的内心却充满矛盾和痛苦,他的脑子里无法抹去警官费德西的影子,万一他和茜娜成家有了孩子,这个无情的警官哪天突然出现——并将他这个逃犯铐走,茜娜一定会伤心欲绝,她和孩子以后怎么生活?所以,他冷冷地推开紧紧搂着他的茜娜:“我已经结婚了,秋天的时候,我要回家看老婆和孩子。”那年秋天,他真的离开了比锡。几年后,他心里总放不下茜娜,又回到比锡。不料,茜娜已经伤心离开了,没有人知道她去了什么地方……

费德西怎么会有茜娜的照片？正当罗耶满脸狐疑时,响起了敲门声。列车长满面笑容走了进来,手中捧着一束鲜花:“费德西先生,午餐和晚餐都替您安排好了,到时候会替您送来的。我们是老朋友了,有什么您就尽管吩咐好啦!”

费德西只淡然笑了下,呆滞的目光仍盯着手中女孩的照片。列车长不由叹了口气,将鲜花插入窗台花瓶,向罗耶悄悄做了个手势,有话要跟他到外面说。

罗耶就跟列车长走了出来,在车厢过道,列车长问:“先生,你知道跟你同卧室的是谁吗?”

“费德西,一个冷面无情的警官。”罗耶几乎是脱口而出,“而且,凡是他经办的案子,没有一个疑犯能逃脱他之手。”

“不错,由于他正直不阿,为我们这个社会伸张正义,将许多腐败官员和黑道人物送上法庭,”列车长收敛了笑容,声音也变得愤然起来,“九年前,对他恨之入骨的人,使用卑鄙手段,制造车祸谋杀了他的妻子,又雇凶打他的黑棍,见他受了伤没有死,竟以治疗的名义将他推上‘手术台’……现在,就是一个逃犯和他坐在一起,他也不会认出来了。”

“什么?”罗耶听着浑身猛一震,满脸愕然,“你是说费德西警官已经丧失了记忆?”

列车长点了下头,脸上的神色更加沉重了:“现在他好的时候,大脑还能依稀记得一点往事,就是他手中照片上的这个女孩——”

“照片上的姑娘是他什么人?”罗耶马上打断问道。

“他的女儿。”

“什么,茜娜是他的女儿?”罗耶惊呆了。

“是的。费德西虽然是个很出色的警官，却不是个好丈夫和好父亲。由于他很少顾及家庭和女儿，他们父女之间产生了很深的矛盾。女儿 21 岁那年，一次在和他发生争吵后赌气出走，去了西部的比锡荒原。”列车长叹惋地说到这里，摇了下头，“另外，他还依稀记得，唯一的一个从他手中逃掉的叫罗耶的年轻逃犯的事儿，他说，当年这个逃犯只是一个无知的贼，并非什么罪大恶极，最多在监狱服役两年就会被释放……”

“再就是我们这趟列车了，”看看脸色变得苍白起来的罗耶，列车长并没介意，声音里充满了一种特殊感情，“他是我们这趟车的‘常客’，经常向人打听他女儿的下落……大家都很尊重他，因为，他曾为我们这个社会做了许多好事，无论他走到那里，也无论认识与不认识的人，都会对他充满了敬重。先生，我叫你出来并告诉你这些，是想嘱咐你一声，不要认真和过多地跟他交谈，只把他当成一个需要照顾的亲人就行了。”

“拜托先生了！”列车长庄重地给罗耶行了个礼，然后走开了。

罗耶呆怔地站着，心中突然涌出一阵悲哀，费德西失去了妻子和女儿，没有家了，但是，无论他走到哪，都能受到人们的尊重，都能感受到“家”的温暖。可他呢，17 年来有家不能归，逃亡生涯路漫漫，而且，有爱不敢大胆倾吐，更不敢建立一个自己的家。尽管现在，警官费德西失去了记忆，他自由了，但是无情的法网仍然撒向他，心灵仍然陷入一个无处不在的“监狱”啊。

几天以后，在加奥马里拉的新监狱里，出现了罗耶的身影，他穿着囚衣，脸上浮现出平静的微笑，因为，他终于不再是逃犯了。

有嫌疑的梯子

接到沃丽太太的报案电话，警官纳贝尔就赶快驱车来了。

其实也不是一件什么大不了的案子，沃丽太太怀疑邻居偷窥她洗澡，因为昨天傍晚她洗澡时，无意之中发现，邻居莫夫的院墙上伸出一小截铝制的长梯，正好对着她家的浴室，当时她吓坏了，赶紧穿上衣服……

“沃丽太太，这梯子放在那儿有多长时间了？”

“不知道，肯定是莫夫那个色鬼昨天偷窥完我洗澡后，忘记搬走的。”沃丽太太一脸气愤地说道。

“这么说，”警官纳贝尔马上字斟句酌地问，“你并没有看到他偷窥你洗澡……对不起，我是说你并没有确凿的证据？”

见沃丽太太点头，警官纳贝尔感到有些尴尬，本想说邻居把梯子放在自家院子并没有违反什么规定，警察没有权力干涉的理由，但话到嘴边又忍住了。他走上前说：“沃丽太太，请你放心，明天早上你就看不到这令你生厌的梯子了。”

警官纳贝尔便来到沃丽太太的邻居家。40多岁的莫夫，正在修剪院内的花草，纳贝尔就盯着墙边的梯子看起来，果然是铝制的，能伸能缩，十分轻巧。上面还有用红漆写的园艺所的字样。

“警官先生，你今天光临我的小院，有什么事吗？”莫夫有些疑惑地问道。

警官纳贝尔像是没有听见，仍皱着眉像是在思索什么。

直到莫夫问到第三遍时，警官纳贝尔才慢吞吞开口了：“没什么莫夫先生，我只是为调查一只有嫌疑的梯子来的？”

“什么，有嫌疑的梯子？”

“不错，”警官纳贝尔环视了一眼爬满葡萄青藤的院墙，“据说昨天，有一只梯子摆在不合适的位置，而梯子的主人也许看到他不该看到的——”

莫夫似乎一下明白过来，脸也涨红了，忙解释说：“警官先生，这些花草是我妻子生前留下的。因为院墙上攀附的葡萄藤叶太多，所以昨天下班时，我就从单位借来这梯子……我说的都是真的，这绝对是一场误会。”

“警官先生，还有一点我必须说明，沃丽太太家浴室的玻璃是反光的，外面的人爬得再高，也无法看到里面。”莫夫补充道。

“你不用解释了，莫夫先生。”警官纳贝尔稍顿了下，拍拍莫夫的肩，“我一进来看见你忙着修剪花草，就知道是怎么回事了！问题是沃丽太太，她搬迁到这里之前，曾受到过这方面的骚扰……”

警官纳贝尔又笑着道：“当然这不是你的责任。我想说的是，莫夫先生既然能剪去这些多余的青藤蔓叶，让遮盖院墙的阴影自然消除，为什么就不能主动一点消除邻居之间的误会呢？”

说到这里，警官纳贝尔抬起右手，向莫夫郑重敬了一个礼，然后转身缓缓走开了。

一个叫拉胡尔的囚犯

已经83岁的拉胡尔，步履蹒跚地走出监狱，他是这个监狱最老的囚犯，在高墙森严的狱中度过了60年光阴。

拉胡尔无罪释放，是年轻法官托普卡珀在查阅了当年大量有关案宗后，做出这一判决的。

其实，拉胡尔的案子并不复杂。21岁那年，因为他替一个朋友窝藏赃物，被抓进了监狱，一年半后释放回来，谁知没过多久，他再一次被警方从家中带走。原来，晨奈市发生了一起劫持银行运钞车的案子：四个劫匪中有一个逃走，两个被警方击毙，最后一个负了重伤，临咽气时，向警方供认还有一个接应的同伙，名字叫"拉胡尔"……

拉胡尔就被带进了警局。尽管他的情绪十分激动，几乎是喊叫般地申辩自己是清白的："那个人不是我，我没有参与这起案子。"但是，负责案子的警官以及后来判决的法官乔马德根本不相信，他们认为拉胡尔是在狡辩，反复盘问而厉声道："此案发生的前一天，你为什么去了晨奈市，而且与那伙人同住在奇亚迪宾馆？"

"这——"拉胡尔显得语无伦次起来，脸也一下涨红了。

"知道吗，那伙人早在警方的监视之下，你进入奇亚迪宾馆后，是否与一个满脸胡子的男子接触过，谈了些什么？"

"我，我不认识此人，是他问我报亭在什么地方，有晨奈市的地图买吗？另外，他还向我打听穆卢干王神庙，我说我也不太清楚……就这些。”

“那么，你去奇亚迪宾馆干什么？”

拉胡尔慌乱中低下头，选择了沉默。这让负责案子的警官十分恼火，一个月后，就移交给法官乔马德。由于拉胡尔仍拒绝回答，法官乔马德也十分恼火，认为拉胡尔冥顽不灵，又有替人窝藏赃物的“前科”，便带着嘲笑的口气说：“既然你拒绝回答，那就到监狱待着吧，等逃走的那个家伙落网后，让他来为你洗清冤情。”

拉胡尔第二次进了监狱。这年他刚满 23 岁，也没有什么亲人了，哥哥在拉胡尔 20 岁时就死了，嫂子改了嫁，家里就剩下一个哑巴父亲来监狱探望过他几次，最后一次来是个冬天，送来几件衣物和吃食，并对儿子打了一阵手势。父亲相信政府，希望儿子能对所犯下的罪孽忏悔，好好服刑。

以后父亲再也没有来了。那天在回去的途中，因骤起的风雪太大，天又黑了下来，父亲不幸跌入深谷。

拉胡尔的案子也像跌入无底的深谷。10 年、20 年过去了，由于警方没有抓到逃走的劫匪，没有人再过问他的案子，同牢房的人先后刑满释放，而他似乎被遗忘了。30 年、40 年过去了，狱中漫长而冰冷的生活，将他的黑发无情染白，皱纹像蜘蛛网般地爬在他脸上，他变衰老了，背也驼了，更加孤僻和沉默。直到年轻法官托普卡珀的出现……

宣布无罪释放时，年轻法官托普卡珀还与拉胡尔进行了一次长时间谈话。

“拉胡尔先生，你是被冤枉的，这是您的不幸，也是法律的不幸与遗憾，相信您一定有很多话要说。”

“在狱中的前 20 年，”目光呆滞的拉胡尔，终于唏嘘起来：

“我曾经无数次踢打着牢房的铁门，心中充满了仇恨，‘为什么要将罪名强加在我头上’？并且对天发誓，我出去后，一定要复仇，一定要让诬陷我的人付出代价！”顿了一顿后，拉胡尔又声音沙哑地说，“以后，我头上有了白发，也就是50岁以后，心中复仇的火焰消失了。我曾想到自杀，多少次徘徊在死亡的边缘——家早就没有了，亲人也没有了，我活着有什么意义？但是，我还是活了下来，因为我相信，只要活着一定有还我公道的一天。”

“不错，虽然公道姗姗来迟了。”看着满脸沧桑的拉胡尔，托普卡珀稍顿了下，“法律不容任何人亵渎，当年那些办理你案子的警官，当然还有法官乔马德，你可以起诉他们，追究他们的责任。”

“他们在吗？”

托普卡珀不由怔住了，是呀，拉胡尔入狱60年了，当年办理案子那些人调走的调走了，退休的退休了，死的死了！法官乔马德10多年前死于车祸……

“你可以要求赔偿，”托普卡珀又转过话题：“拉胡尔先生，这将是很大一笔钱，我已经替你请了律师。”

拉胡尔沉默了下，说：“我想回家。”

托普卡珀又怔住了，想说你早就没有家，没有亲人了，以前的村子也变成小镇，回去没有人会认识你的。但话到嘴边又忍住了。

托普卡珀就亲自驾着小车，陪同拉胡尔去他的家乡。山路蜿蜒而崎岖，到达姆希拉小镇，已是傍晚时分。果然，没有一个人认得拉胡尔，几个比他大的老人也记不起他了，而昔日的家——房子多年前就垮塌了，成了废墟，爬满了许多青藤或一丛丛荒草。拉胡尔待了会儿，转身蹒跚地走开了。

托普卡珀跟着他，又来到一处长满林子的山坡上，拉胡尔的声音哽咽起来，充满了悲伤："小时候，家里养了几只羊，我常赶着羊来这儿吃草。狱中我常常在梦里想，如果有一天，我还能站在小时放羊的地方，看着羊儿悠闲地吃草，哪怕呼吸一口林子的空气，我也心满意足，没有什么遗憾了。"

"拉胡尔先生，我理解您的心情，在这个世上没有比自由更珍贵的了，尤其是对您这样一个60年在狱中度过的蒙冤者。"

拉胡尔抹了下泪，思绪仿佛回到60年前，自言自语道："当年负责案子的警官，还有法官乔马德，他们曾经反复盘问我'为什么去奇亚迪宾馆？'我拒绝回答。因为我心虚，改了嫁的嫂子，她喜欢上我，那天约我去奇亚迪宾馆。任何时候，人都不可做出违逆天理的事情，不然，会受到上天的惩罚。"

"是的，天理永远不可违逆。"托普卡珀表情十分沉重和复杂，几次想说什么，但欲言又止。

拉胡尔并不知道，这位年轻法官的父亲，就是当年将他送进监狱的法官乔马德……

戴白栀子花的女人

娜辛娅是在德军入侵苏联的第二天，将新婚才几天的丈夫安克耶夫送到部队的，那一次，农庄还去了5个年轻男人。

战争结束以后，第一个回来的是农庄场长的儿子，他告诉娜辛娅，到了部队后，他就和安克耶夫分开了，他当了后勤兵，安克耶夫则要求上了前线,以后两人就再也没有见面。娜辛娅心里安慰自己说,我的安克耶夫一定会第二个回来的,他说了,家里的壁炉等他回来修缮,他还要我给他生很多很多的儿女。

不久,第二个回到农庄的是寡妇菲古卡的独生儿子,在战争中丢了一条腿,但还是拄着拐杖一瘸一跛地活着回来了。娜辛娅心里想,只要我的安克耶夫能够回来,哪怕是失去了双腿,我都会好好照料他一辈子。

半年以后,第三个叫米拉奇的回来了。晚上,米拉奇悄悄地来到娜辛娅的家,说:“你不要再等安克耶夫了!我听说,攻占德国柏林的战役中,安克耶夫负了重伤,后来他和战地医院一个漂亮的女护士好上了,还是个英国女人……因为白天人多,我没有勇气说出实情。”

娜辛娅眼中噙着泪水,十分难受,但她心里还是挺欣慰,因为丈夫还活着,虽然另有新欢,毕竟是残酷战争造成的,她一点都不怨恨他,甚至还想好了,如果安克耶夫回来办离婚手术,她会为了他的幸福,毫不犹豫地在离婚协议书上签字。

于是,娜辛娅仍像以前一样,期盼她的安克耶夫回来。

这年年底的一天,伯里斯第四个回来了,他胸前佩戴着一枚英雄勋章,骑着高头大马,他也选择晚上悄悄来到娜辛娅的家。

“什么,安克耶夫临阵逃脱,当了可耻的叛徒?”

“不错,”已是上校的伯里斯一脸沉重,“后来我们打扫战场时发现,所有的人都死了,硝烟中留下的遗体中,唯独没有安克耶夫的。”

“亲爱的娜辛娅,”伯里斯上校稍顿了下,声音也提高了,“你一定要相信我的话,这一切都是真的,不要再等安克耶夫了,另外找个男人生活吧,场长的儿子不是很好吗,他以前追求过你……”

没等伯里斯上校说下去，娜辛娅号啕般地痛哭起来，她觉得头顶的天塌下来了，脚下的地陷了进去，内心就像有一把钢刀无情地搅呀搅，令她撕心裂肺，痛不欲生。苦苦等待了这么多年，却是这种结果，丈夫安克耶夫竟然临阵脱逃，投敌叛国，这是她无法容忍也是她永远不能宽恕的。

第二天一早，娜辛娅离开了农庄，独自在外面生活了一段时间，最后来到了乌克兰。

十年过去了，已经忘掉丈夫存在的娜辛娅，无意之中，发现一个熟悉的身影，那是街头摆摊的一个补鞋匠，兼修自行车。娜辛娅暗地观察好几天了，尽管这个补鞋匠戴着一顶破旧的鸭舌帽，背稍驼，但他那坚毅的眼神，尤其他干活儿时，总是左手拿着工具发力的样子，让娜辛娅坚信，他就是她昔日的丈夫安克耶夫。

也就是那天傍晚，娜辛娅尾随到了补鞋匠的家——巷子深处一间阴暗而极简陋的房子。直到她反身关上房门，昔日的男人才察觉过来，惊愕之中张了下嘴，终于还是忍住了。

“回答我，你为什么不回家？你还叫安克耶夫吗？”

安克耶夫的脸色霎时变得苍白起来，直怔怔地望着她。

“难道你真的像伯里斯所说的，没有一点血性，临阵脱逃，当了可耻的叛徒吗?!”娜辛娅终于无法压抑内心积郁多年的愤懑，悲泣起来。

“不，我没有背叛自己的国家和人民，从来就没有！”安克耶夫突然变得异常激动，面部也涨得通红，“这是彻头彻尾的谎言！伯里斯那个混蛋良心泯灭。知道吗？柏林战役虽然取得了最后的胜利，消灭了法西斯，却多牺牲了几万名士兵的生命，就因为某些指挥官贪功心切，战术上犯了严重错误……”

安克耶夫讲到这里，更加气愤了：“可是，没有人为这些白白葬送生命的士兵承担责任，相反，为了掩盖失败的真相，竟然将我这个上尉，还有一批正直的军官当成‘替罪羊’，投入了监狱，罪名便是‘临阵脱逃’……后来我从监狱里逃了出来，隐姓埋名，一直到今天，黑名单上仍然有我的名字。”

“战争并不可怕，总是要有许多人牺牲的，包括很多家庭和爱情。可怕的是，许多残酷的事实真相，也连同战后的无数鲜花一起被永远掩盖了起来。”安克耶夫痛苦得说不下去了。

娜辛娅的心不禁战栗起来，悲伤的泪水又一次夺眶而出。

第二天，娜辛娅匆匆来到安克耶夫住处，决心接丈夫与她一起生活，可她却看到丈夫安克耶夫戴着手铐、被两个便衣揪着头发、凶狠地从房内推搡出来。被押上囚车时，丈夫扭了下头，平静而微笑地朝她喊道：“好好活下去吧，一定要好好活下去！”

事后，娜辛娅才知道，丈夫安克耶夫知道她还会来找他，害怕连累她，主动向当局投案自首……

半个月后，安克耶夫被秘密处决了。

娜辛娅活了下来，头上却多了一朵洁白的栀子花，她终生没有再找别的男人。在那个特殊的时期，在乌克兰，除了不幸的娜辛娅外，大街上还有许多戴白栀子花的女人……

希特勒唯一释放的“间谍”

一九三九年冬末的一天晚上，在瑞士边境的小镇上，随着几声枪响，一群穿便衣的纳粹特工人员，冲入一幢亮着灯光的小楼，将元首希特勒下令逮捕的一个英国人抓获了。

当晚，纳粹特工又将这个英国人押上火车，送往柏林。

这个英国人叫雅各布，是《泰晤士报》的一名普通记者，并不怎么出名。希特勒为啥对他深恶痛绝，命令党卫军头目希姆莱跑到当时的中立国，非要将他抓捕归案不可呢？

原来，希特勒发动第二次世界大战后，欧洲许多报纸不断地登出这个战争狂人鲜为人知的很多秘闻，从他的嘴脸到怪癖及生活上的各种异行陋习。例如，希特勒虚荣心极强，曾做过鼻美容手术；戴眼镜时，禁止任何人给他拍照；喜欢把刀子放入口中；喜欢在午夜乘车疯狂兜风；不愉快的时候，会像女人一样哭泣；在拔牙时他会痛苦地尖叫——但是他又惧怕麻醉。更令人难以置信的是，这个杀人魔王见到血会感到不舒服等等……

希特勒为此深感震怒，大发雷霆，有关他的这些绝密“隐私”，是什么人披露出去的？很快，情报部门就调查清楚了，并非他身边的人所为，而是一个叫雅各布的英国记者披露的。这让希特勒深感不可思议，这个远隔海峡的英国人，从何处如此详细地掌握到他的这些“隐私”，莫非他有超人的特异功能不成？

希特勒便下令希姆莱，无论如何要将雅各布抓获归案，他要亲自审讯这个神通广大的人物。

希姆莱更是诚惶诚恐，不敢有半点疏忽和大意，马上派出大批特工人员，到处打听雅各布的行踪，颇费了一番周折后，终于抓住了这个英国人，并将他押送到了柏林。

希特勒正在主持一个重要的军事会议，一听雅各布押到了，大喜过望，马上中断了会议，在希姆莱的陪同下，跨进了囚室。而饿坏的雅各布，正在吃着看守人员送来的“早餐”。

希特勒先打量了一下雅各布，三十来岁，戴着一副深度近视眼镜，竟然是一个手无缚鸡之力的“白面书生”，还穿着一件带蓝格的睡袍，显然是在入睡中被抓的。希特勒的火气上来了，开始审问：“你就是那个专披露我的‘隐私’、在欧洲各大报纸发表的混蛋记者吗？”

“不，元首先生，”雅各布放下手中的餐具，沉声道：“我是一个极讲职业道德的记者，绝非靠捏造什么‘隐私’出名。同样，我所报道的有关元首的每一条‘新闻’，都是有根据的。”

“什么，你还敢为自己狡辩！”希特勒发怒了，接过希姆莱手中一沓厚厚的报纸，扔在雅各布面前，尖着女人嗓道，“快老实交代，报上有关我的这些‘隐私’，你是如何费尽心机刺探和窃取的？”

希姆莱掏出手枪，对准雅各布的脑袋喝道：“回答元首的话，不然，我就枪毙了你。”

雅各布却镇定自若，耸了下肩，露出几丝嘲笑的目光：“这还要费尽心机‘刺探’吗？如果说窃取的话，我也只不过是每天坐在图书馆，喝着咖啡，翻一下来自德国报刊上的公开消息。”

“你胡说八道，德国的报刊怎么会登有损元首的文章？”希姆莱大声咆哮起来。

希特勒也压根不相信,令人搬来一卡车的德国发行的报刊,让雅各布找出登有他这方面的“新闻”。雅各布便不慌不忙,从诸多的德国报刊中,找出了许多有关希特勒的“隐私”,还用红笔在上面画上线条。其中有一条报道,是空军司令戈林对国防军学员的讲话,戈林吹嘘自己说:“我们元首平时不太注意社交仪表,是我教他如何正确使用刀叉以及在饮用热咖啡时如何避免发出不雅的声音。”

还有一条报道,是希姆莱为鼓动学生加入纳粹的演讲:“我们元首对这个世界充满了仁慈之心,他不仅拥有世界上最强大的军队,也拥有庞大的鸟类饲养场,如果有一只雀死了,他会伤心很久……”

希特勒顿时惊怔住了,哑口无言。雅各布的情报确实来源于德国的公开报刊,他只不过善于从大量的信息中找到富有价值的“蛛丝马迹”“片言只语”,并将它们剪下贴好,再进行逻辑推理罢了。

雅各布不是间谍,希特勒从心里也佩服这个英国人,但为了给自己挽回面子,仍强词夺理,怒气冲冲地对雅各布道:“不管怎么样,你在报纸上发表那些无聊的东西,没有经过我允许,严重侵犯了我个人的‘隐私’,也是对一个国家元首的伤害。我不杀你,也决不会给你因此而出名的机会!”

希特勒最后又神经质似的挥起双拳,咆哮地道:“还有欧洲那些登过我希特勒‘隐私’的无聊报纸,战争结束以后,我统统都要跟他们算账……你走吧,我讨厌见到你,永远不愿意再见到你。”

希特勒唯一的这次审案收场了。雅各布死里逃生,也成了希特勒唯一释放的“间谍”。

海鸥复仇之谜

太平洋上有一个岛，岛上有一个小镇，还有美军在第二次世界大战中建立的军事基地。

很多年来，镇上一直是女邮递员给美军基地送邮件。镇上也有男邮递员，可是，他们先后遭到海鸥的袭击。老邮递员乍尤金还记得，他第一次给美军基地送邮件，吹着口哨，骑车刚拐入海边的道时，突然，盘旋空中的十多只像被激怒的海鸥俯冲下来，朝他的头和身上一阵乱啄，他招架不住，赶紧弃车而逃。海鸥如此群起而攻之，乍尤金以为是他吹口哨引起的，所以第二天，他又骑车到美军基地送邮件，不料又遭到海鸥的袭击。第三天仍然如此。乍尤金吓得不敢再去了，就换了另一名男邮递员，不料，同样遭到海鸥的“群起而攻之”……

无奈之下，镇上决定换女邮递员试试。说来奇怪，女邮递员却畅通无阻，并没有遭到海鸥的任何攻击。所以这么多年来，岛上都是女邮递员给美军基地送邮件，岛上的居民也一直疑惑不解：海鸥是一种很温顺的鸟，怎么搞起性别“歧视”呢？

更令人疑惑的是，海鸥似乎对岛上的美军基地怀有“深仇大恨”，每年的七八月份，总有成千上万只海鸥光临美军基地，拉下大片的白色粪便，像炸弹般落在军营和值勤的士兵身上。而且，它们还经常干扰美军飞机的起飞和降落，令美军十分头痛，苦不堪言。美军也想了许多办法，每年七八月份来临之际，美军基地就撑起花绿的太阳伞，来抵抗海鸥的“粪便炸弹”，同时，在基地周围安上高音喇叭，播放美国摇滚歌星迈克·杰克逊的音乐，来震慑侵犯的海鸥。谁知适得其反，这下更加激怒了海鸥，攻击也更加疯狂，美军又赶快效仿镇上的做法，换成女歌星的甜美声音，海鸥马上停止攻击，可是音乐一停下来，又开始了骚扰和攻击，美军基地也很少有安宁的时候。

由于海鸥的袭击习以为常，美军基地的前几任指挥官没向上级禀报，直到一位上校被任命为基地的新指挥官后，目睹到海鸥袭击基地的“奇观”，让新指挥官十分震惊，他感到匪夷所思，才禀报了上级，希望上级派专家来破解这一“奇观”之谜。

没多久，上级派来了一位叫希特的动物学家。刚来的几天，希特只是细心对栖息岛上的海鸥进行观察，没有发现什么异常现象，它们的生活习性也与其他岛上的海鸥一样，也并非每天骚扰基地，也没看到海鸥袭击人的事发生。希特不禁陷入困惑，每年的七八月份，岛上的海鸥为什么会对美军基地发动攻击和骚扰，这究竟是什么原因造成的呢？

这天，希特站在海边崖壁旁，用望远镜观察鸥群的活动。忽然，天空传来急促的鸣叫声，几只海鸥从远处海面飞来，像是给栖息崖壁上的鸥群发出什么信号，引起鸥群的不安和一阵骚动，接着纷纷扑翅飞向天空。希特马上将手中的望远镜转向海面，远处出现一艘鸣笛的美军运输船，给基地运送补养来了。听着天空群鸥的叫声及越来越近的美军船只，希特的大脑突然灵光一闪，似乎一下子想到了什么……

希特第二天就匆匆回国了，他回美国的原因，是想查找美军当年在岛上建军事基地的档案，因几十年过去了，岛上和基地的官兵都不知道那一段历史。几经周折，希特终于找到了这份原始档案。原来 1941 年,日本偷袭珍珠港事件发生后,美国宣布参战。为占领和扼守太平洋的重要军事和运输航道,美军派出一个连的兵力勘察诸岛,最后选择此岛修建军事基地。当时此岛是海鸥的王国,栖息着几十万只海鸥,它们与登岛的美军展开了一场激烈的大战,屡战屡败的美军最后不得不动用大炮和燃烧弹,才消灭和赶走了残留的海鸥,在岛上建立了基地。战争结束以后,来岛上的居民也日益增多,就有了镇,美国则仍保留着岛上的军事基地。

希特又几经周折,找到当年占领鸟岛的指挥官凯恩。凯恩已经 70 多岁了,拄着手杖,只有一只眼。当谈起当年那场人鸟大战时,他至今仍心有余悸,说太可怕了,没有人知道那场大战的残酷性,这是我几十年来都无法忘掉的一场噩梦。凯恩回忆了起来,美军开始只派一个连的官兵去占领鸟岛,不料遭到海鸥的群起攻击,无法招架,被狼狈地驱赶了回来。两天后,凯恩就亲率一个营的官兵登上鸟岛,成千上万只海鸥扑了过来,狠啄士兵的眼,朝士兵头上身上抛粪便,在士兵们的猛烈火力扫射下,海鸥死了一批又飞来一批,前仆后继,视死如归的场景十分惨烈。

人鸟大战整整进行了两天,岛上海鸥的尸体堆积如山,天空只有几只悲鸣的海鸥在盘旋,凯恩浑身也沾满血污,他检查了下士兵的伤势,有 10 多个士兵的眼被啄伤了!正当他下令把负伤士兵送到船上休息时,突然,一个士兵惊叫起来:“长官,你快看那边!”原来,邻近岛上的海鸥增援来了,天际白压压一片,凯恩的脸色变了,高声令士兵们赶快撤。

岛又被海鸥重新夺回去了,剀恩便向上级禀报,请求改用其他的有效战术,因为,士兵们觉得对几十万只无辜的海鸥进行这般屠杀,太不人道了,拒绝再登岛与海鸥交战。上级便令军舰向岛上的鸥群开炮，投掷燃烧弹，最后消灭和赶走了海鸥，然后登岛修建起军事基地。

“那是七八月份吗?”见凯恩点了下头，希特沉思了会儿，继续问道，“请问凯恩先生，您的左眼怎么失明的，能告诉我吗?”

凯恩没有隐瞒，又继续讲述下去，岛上的军事基地修建起来后，任务完成了。那天傍晚，心情很好的凯恩和另一个军官到海边散步，正谈论即将要奔赴战场的事时，突然随着几声悲鸣声，十多只海鸥闪电般从空中俯冲下来，凯恩猝不及防，也来不及躲避，“啊——”就发出一声惨叫，他的左眼鲜血如注，眼珠都被啄出来了。而啄他的那只海鸥，没飞出多久，就摇摇坠坠栽入了海中……

“真的是太可怕了!”沉默了许久，凯恩才像是从恶梦中醒来，脸色也极其沉重，对希特自语道，“我至今都不明白，海鸥只是一种普通而弱小的鸟禽，为什么却有人的恩怨心理，复仇的欲望如此强烈，它们竟然可以跟敌人同归于尽，人性和鸟性的区别究竟在哪里?”

是呀，希特的脑里也充满疑惑，那场惨烈的人鸟大战过去几十年了，已不为人知。可是，为什么每年的七八月份，成千上万只海鸥从四面飞来，攻击和骚扰岛上的美军基地，难道海鸥身上也有某种特殊的“基因遗传”……真是令人深感不解。

一个难逃雷劈的家族

劳赫尔是德国纳粹的一名军医，第二次世界大战中，不知有多少关押在集中营的犹太人以及盟军战俘，惨遭这个恶魔的解剖和杀害，成为纳粹为实施细菌战而秘密研制的"试验品"。

战争刚一结束，劳赫尔被列入盟军缉拿的战犯大名单。然而多年过去了，追随希特勒的许多战犯，都受到了应有的惩罚，狡猾的劳赫尔却漏网了，一直下落不明。

盟军为抓获他，还专门成立了一个抓捕小组，由马维鲁上校负责。1946 年秋，在比利时边境上，士兵在对一辆客车上的乘客例行检查中，抓到了欲逃回家乡的劳赫尔，这个恶魔头发褐黄，身穿散乱的深灰衬衫与长长的西裤。从他携带的手提箱内，搜出了一包金牙和戒指。检查的士兵叫了起来，因为这包金饰中，有很多被熏黑的痕迹，显然是从焚尸炉里拣出来的。更巧的是有一个士兵，认出其中一枚戒指上镌刻的名字，竟然是他惨死集中营的父亲……

马维鲁带着抓捕小组赶往比利时边境。

可是当马维鲁匆匆赶到时，意想不到的事情发生了！一场罕见的飓风席卷边境，道路和桥梁被毁坏，边境站的房屋也被掀翻了！趁一片混乱之机，劳赫尔仓皇夺路而逃，还没等看守的士兵举起枪，天空猛然一声炸雷，只见刺眼的闪电下，劳赫尔发出一声惨叫，踉跄中歪倒在地，紧接着，一股强劲的飓风卷起这家伙……

劳赫尔遭雷劈之事传开之后，很多报纸电台都做了报道，包括许多受害者的亲属认为，这是上帝对这个恶魔的惩罚。但是，马维鲁并不相信，冥冥之中，他总感觉劳赫尔还活在世上，迟早会发现其踪迹。

果然，三年后的一天，在意大利维苏威火山附近的小城发现了劳赫尔的行踪，马维鲁又立即带着抓捕小组赶去。这次提供线索的是一个从集中营死里逃生的妇女，她叫黛雅，父亲是犹太人，当年她是和父亲一起被抓进集中营的。黛雅是无意中发现劳赫尔的，那天在街上，她提着菜篮被一个匆匆走着的男人撞了，那男人边帮她收拾滚落地下的西红柿、马铃薯，边抬头对她道歉，她却一下惊愣住了，差点喊叫起来。等那男人走远了，她才像是从一场噩梦之中清醒过来……

“你能确定那家伙就是劳赫尔吗?”马维鲁沉吟。

“不错！哪怕这个恶魔被烧成了灰，我也能辨认出来。”黛雅满脸悲痛，啜泣道，“在暗无天日的集中营，他多次审讯和强奸了我，他那褐黄的头发，一双阴冷的眼睛，此生都深深地印在我的脑海里。我相信，他绝对是恶魔劳赫尔！”

马维鲁便带着抓捕小组，直奔雅斯特切尼大街，当地警方已封锁了这一带的居民区，盘查来往的嫌疑人。根据警方监视的情况，劳赫尔一直待在他所租住的老公寓没有出来，这家伙的外貌特征与黛雅说的一样，褐黄的头发，一双阴冷的眼睛，从不跟任何人交往。马维鲁一听大喜，认为劳赫尔这回是瓮中之鳖，想逃也逃不了了。

马维鲁和持枪的众警察扑过去时，正午的阳光的照射下，有一个头戴帽子的男子，歪靠在门旁，浑身像打摆似的不停颤抖着，发出微弱的呻吟声。一警察揭开他头上的帽子，原来这个男子满脸皱纹，目光呆滞，蓬乱着黑里掺白的头发。马维鲁就没理会他，径直冲进去抓捕藏匿的劳赫尔。

谁知踢开劳赫尔的房门，马维鲁不禁大吃一惊，劳赫尔竟然不见了，难道被他察觉到了吗？不可能，因为火炉上还煮着咖啡，还噗噗地冒着热气。这家伙一定是刚离开房间，就是逃跑也没多远，马维鲁马上又带众警察追了出来。

公寓外面仍静悄悄的，只有那个黑发掺白的男子，仍歪躺在那里呻吟，嘴里还像螃蟹似的吐着白沫……

马维鲁摇摇头，就带着众警察到别的地方搜查去了。

从那以后，恶魔劳赫尔就像在这世上蒸发了。抓捕小组也解散了，马维鲁却不甘心，继续明察暗访劳赫尔的下落。这期间，有一件事触动了马维鲁，原来他有一个战友，自从在战场大脑负伤以后，就变成了不睡觉的“怪人”，精力却如常人一样旺盛，医生对此也无法解释。马维鲁也百思不解，但也启发了他，决定换一种方式去寻找劳赫尔的线索。

这年九月，马维鲁到劳赫尔的家乡，查阅劳赫尔家族的有关档案，让他十分震惊而激动的是，劳赫尔家族的人竟然与雷电有不解之缘。

劳赫尔的曾祖父，一个以吝啬出名的农庄主，60 年前在风雨交加的院内被雷电击毙。20 年后，同样是在院内，劳赫尔的祖父又遭雷击身亡。更不可思议的是，劳赫尔的父亲—— 一个旧政府的军官，他第一次负伤虽然在战场上，但不是敌人的子弹，而是雷电，他被雷电击中摔下了马来。第二次是他退役回到家乡，正遇到雷电大作，结果他的右半身偏瘫了。两年以后，劳赫尔的父亲稍有康复，便拄着拐杖出外散步，没想到意外地遇到大雷雨，闪电两次击中了他，这一回他全身瘫痪，没多久就死了。然而事情

并没有结束,就在劳赫尔投靠希特勒的那一年,大雷雨袭击了他的家乡,闪电击中一座坟墓,把墓打得粉碎,而这正是劳赫尔父亲的坟墓。

阅读完有关劳赫尔家族与雷电的记载后,马维鲁联想到劳赫尔,这家伙在离家乡不远的边境遭受雷电袭击,又被罕见的飓风席卷而走,三年之后,竟然像幽灵似的在意大利维苏威火山附近的小城出现,在这家伙的身上是否有一种无法解释的东西在“作祟”呢? 如果真有这种不可思议的事情发生,那么,马维鲁完全有理由相信,当年歪躺在公寓门前的那个男子,一定是恶魔劳赫尔。遗憾的是,将这个家伙轻易放掉了。

时间又过去了 7 年,也是马维鲁最后一次去劳赫尔的家乡查访。那天刚下过雨,河塘里有很多鹅在觅食,马维鲁看见一个蓬头垢面、衣衫褴褛的男子走过来,突然“哗啦——”一声水响,塘中所有的鹅猛然扑上岸,愤怒中对那男子群起而攻之,用长长的尖嘴向他乱啄。这男子猝不及防,一边高声呼救,一边极力反抗,当马维鲁赶过去时,首先闻到这男子身体散发的一股强烈的鱼臭味,他已经被群鹅啄得血肉模糊。

此刻,阳光分外强烈而耀眼,马维鲁端详着奄奄一息的男子面容,忽然“啊”了一声,惊骇之中一下睁大了眼睛——原来这男子的头发渐渐泛出褐黄的光泽,而他那张丑陋的面孔,也在一阵痉挛中恢复了原有的真面目,尤其是那一双阴冷的眼睛……

“劳赫尔,你是恶魔劳赫尔!”马维鲁抓起断了气的死者,用力摇晃了起来。“知道吗,你这个该死的家伙,让我苦苦寻找了 15 年!”

马维鲁又像想起什么,扯开死者的内衣,搜索了一遍,除了一点钞票外,还有一份早已褪色的委任书,上面有希特勒的亲笔签名,而受任者正是眼前这个浑身散发着鱼臭味、被群鹅啄死的恶魔劳赫尔。

那一刻,马维鲁也似乎解开了心里的疑团:劳赫尔自遭受雷电袭击之后,虽然没有像他的父辈那样毙命,侥幸地活了下来,但雷电使他已成为“异类人”,在一定的时间内,尤其是在阳光的照射下,劳赫尔就会改变面孔和头发的颜色,而且,他身体染上一种强烈的鱼臭味,永远无法消除。正因为如此,7 年来这个恶魔能躲过警方的追捕,最终却没有逃脱上帝的惩罚,死于家乡塘鹅的乱啄之下……

黑寡妇

米拉娜怀着几个月的身孕,头一回来到莫斯科,住在一家小旅店里,每天早出晚归。

没有人注意这个身着红色披肩、黑色衣裙的年轻孕妇的活动,也没有人知道她是从车臣来的,只是在乘坐地铁、公交车或超市电梯时,很多人会主动给她让位,或者向她投来善意的微笑!

几天来,一些人流汇集的热闹场所,米拉娜都去逛过。目标锁定之后,她替母亲买了一条粉红色头巾,作为留给母亲的最后纪念,她也给父亲买了一顶羊皮毡帽。10 月的车臣十分寒冷,雪也比莫斯科下得早,尤其是战乱不断的枪炮声,十多年了,像驱不散的阴霾而看不到阳光与希望,但愿这顶羊皮毡帽能给父亲留下几丝温暖。

回到小旅店时，天已黑了，房间早开了暖气，女店老板还替米拉娜准备好了晚餐。米拉娜住店的那天，登记时，女店老板不知道她的证件是伪造的，关心地问："你是个教师，从乌克兰来的？"见米拉娜点下头，女店老板又问："就你一个人吗，你丈夫呢？""他，两个月前死了。""那么，你来莫斯科是为了找工作，准备住多长时间？""这次来了，我没打算回去。"

女店老板没再问了。为照顾这个怀有身孕的女人，她腾出小店最好的房间，并且，每天亲自下厨，为米拉娜做可口的晚餐，送到她的房间来。这让米拉娜十分感动，也知道女店老板也没有男人，失去丈夫已经两年了，只有一个叫莎莎的快5岁的女儿，艰难支撑着这个小旅店。

莎莎乖巧可爱，对什么事都好奇，已经跟米拉娜混熟了。让米拉娜纳闷的是，有两天晚上她入睡了，听到莎莎间歇地梦魇般的惊哭声，像是受到什么惊吓，她几次想私下问莎莎，又都忍住了。此刻，外面的风雪越来越大，米拉娜刚吃完晚餐，莎莎跑了进来，高兴地说："阿姨，你知道吗，明天是我的生日。"

女店老板也来了："米拉娜，我替你找了一份轻松的工作。"

看着吃惊的米拉娜，女店老板边收拾桌上的餐具，边笑着说："你不是说，这次来莫斯科就没打算回去吗？这些天又早出晚归，所以，我就托了一个开酒吧的朋友，让你在酒吧收银，我想这份工作应该适合你。"

"对不起，"米拉娜却垂下头，"我，我明天要去一个很远的地方。"

"什么？你明天要走？"女店老板怔了一下，马上关心追问，"去多长时间，难道不回来了吗？"

米拉娜陷入沉默，半天无语，女店老板叹了口气，正欲劝说时,外面传来喊声,有人来住店,便赶快走了出去。

“阿姨,”一直歪着小脑袋望着的莎莎,“能让我摸摸你的肚子吗?”

米拉娜忙下意识掩盖了下肚子,吃惊地问:“为什么?”

“妈妈说,生下我后,爸爸就经常说,给我添一个弟弟,这样我以后就不孤独了。阿姨,你到医院检查过吗?”

米拉娜的脸一下变得羞红,莎莎看着她,又很认真地说:“阿姨要是不走,生个男孩就好了,我没有爸爸,他也没有爸爸,我会像待亲弟弟一样对他好的。”

米拉娜的心不禁战栗起来,想到死去的丈夫,从监狱抬回家时,身上伤痕累累,奄奄一息中不断发出痛苦呻吟:“我没有加入非法武装,也不是什么分裂分子的头目。”当晚,丈夫就含恨死了。米拉娜和丈夫结婚仅七个月呀,她无法承受这一残酷而无情的打击,更让她万分悲愤的是,哥哥也由于涉嫌参加非法武装被抓走了,至今下落不明。

“阿姨,我能摸摸你的肚子吗?”

莎莎又一次稚气的央求声,使米拉娜从恍惚中清醒过来,她擦了下泪,拦住莎莎的小手。莎莎呆了一下,噘起嘴:“阿姨,你坏!”她生气地朝外跑去,不小心撞到门上,一下摔倒了。米拉娜赶紧冲过去,抱起莎莎,不禁“啊”了一声,原来,莎莎的右腿从裤筒中露了出来,竟然是半截假肢。

米拉娜正愣怔着时,女店老板来了,忙接过她怀里的莎莎,走了出去。没一会儿,女店老板又进来了,眼圈红红的。米拉娜心里忐忑不安,轻声问道:“莎莎呢,孩子没事吧?”

“我哄她睡下了。”

“能告诉我,莎莎的右腿……是怎么一回事吗?”

女店老板沉默了一下，神情哀伤地道："两年前，也就是莎莎生日的那天，我丈夫带她去商场买礼物。不料，有人在商场放了炸弹，炸死了我丈夫和许多无辜的人，莎莎也倒在血泊中……"

"那次恐怖袭击事件，"女店老板稍顿了下，又泣不成声道："莎莎不仅失去了一只腿，她的左眼也失明了！"

"什么，孩子的左眼是假眼珠？"米拉娜的心一阵战栗，霎时，她明白了过来，莎莎为什么晚上会间歇地发出梦魇般的惊哭声！可怕的恐怖事件，使一个孩子从此失去父爱，身体受到严重摧残，幼小的心灵还烙下了不可治愈的伤痕啊！

"上帝保佑我的女儿活了下来。但是，还有许多母亲失去自己的孩子，女人失去了丈夫，许多原本幸福的家庭也支离破碎了。"

米拉娜垂下了头，脸色也变得苍白起来。这时，传来莎莎梦魇似的惊哭声，女店老板朝外走去，又回过头，关心地问："你明天真的要走吗？"

"是的，"米拉娜失神般喃喃地道："我曾经对神父发过誓。"

"既然你执意明天要走，我就不留你了，你一定保护好肚里的小生命，对于一个失去丈夫的女人来说，孩子就是以后的希望。"女店老板小心翼翼关上房门，走了。

米拉娜也像虚脱般一下倒在床上。

呼啸的风雪也一夜没有停息。第二天一大早就离开了小旅店的米拉娜，踯躅街头，先替莎莎买了一盒生日蛋糕，通过邮局快寄出去。

此刻大街到处是车和人，正是地铁上班人流的高峰，许多商场也熙熙攘攘，莫斯科新的一天生活又开始了！她平静地凝望了片刻，然后转过身，缓缓地朝无人而空旷的郊外走去。没一会儿，响起一声巨大的爆炸声！

米拉娜拉响了绑在肚子上的炸弹……

驮在驴背上的选票

在战争不断的阿富汗，有很多贫苦的人靠当赶驴夫为生，巴默纳罕就是其中一个——他 15 岁就跟随父亲，经常赶着驮货的毛驴，风餐夜宿，跋涉在被认为是世界上地势最为崎岖的山区，有时候，还深入到一些与外界隔离的村庄。

有一年，父子俩在攀缘南部一处险恶的山崖小道时，突然哗啦坠下的巨石，使受惊的毛驴狂奔起来，父亲不顾一切舍命阻挡……毛驴和货物保住了，父亲却摔下了万丈深渊，尸体迄今都没有找到。

巴默纳罕 27 岁才结婚成家。这年夏末，妻子坎亚娅怀孕了，他也接到一个特殊使命，为阿富汗举行的第一次总统大选驮运选票，送往那些偏远地区的投票点。妻子不想他去，因为这太危险了！万一丈夫有个不测，她将像很多年轻的女人一样变成寡妇，更可怜的是，肚里的孩子还未出生就永远失去了父亲。巴默纳罕说，这次并不是他一个人赶着一头毛驴驮送选票，而是 3000 个男人赶着 3000 头毛驴，担负起此次重任，他们也有父母、妻子和儿女……

“可是，他们去的那些地方较近，也安全，你去的那地方仍处于冲突之中，每天都有轰炸和枪炮声。”妻子悲泣了起来。

“坎亚娅,世界上再找不出比阿富汗更灾难深重的国家了!”巴默纳罕将妻子搂入怀里,声音充满了哀痛与愤懑,“几十年的残酷战争,已经毁掉了我们国家,毁掉了一切!阿富汗人除了苦难和贫穷以及恶劣的自然环境外,没有任何通信设施,大部分运输依然靠毛驴驮运……这是阿富汗人的耻辱,知道吗?”

“但是,阿富汗的毛驴是不屈的,不会永远都低着头,甘心受外来势力的摆布和欺凌,也不会永远贫穷和落后。”巴默纳罕替妻子擦拭了下眼泪,声音也提高了,“尽管这次大选情况十分复杂,但阿富汗人民投票所选的是和平、希望,尽快结束战争,改变我们国家的命运。也正因为这样,我才主动要求去仍处于冲突之中……”

“既然你坚持要去,”妻子打断了他的话,嘤嘤抽泣道,“那么,15天之内你必须活着回来,参加我弟弟的婚礼。你也知道,除了你和我肚里的孩子外,在这个世界上,我唯一的亲人就是这个弟弟了!”

巴默纳罕深情亲吻了下妻子,“放心吧,真主会保佑我平安回来的。”

巴默纳罕与大家一起出发了。

由于奔赴的地点不同,当天,驮着选票箱的驴队就分散了。第二天,巴默纳罕身边的伙伴又少了几个,第四天傍晚,当抵达处于冲突之中的地区边缘小镇上时,最后一个伙伴的使命也完成了。而巴默纳罕要去的那个投票点,情况发生了变化,由于遭到武装分子的封锁,已经被迫临时取消了。

巴默纳罕正犹豫不决时,忽听到一个老妇凄凉的哭喊声,原来几天前,老妇的儿子和怀孕五个月的儿媳妇,在地头劳作时,被袭来的流弹打死了。老妇已经失去了丈夫,再也无法承受这种无情的家破人亡的打击，精神失常了！巴默纳罕听着，满腔悲愤，马上又把卸下的蓝色选票箱重新放在驴背上，他要亲自深入到那个投票点去。

“巴默纳罕，你千万不要去冒险，会丢掉性命的。你怀孕的老婆还等着你活着回去，参加她弟弟的婚礼呢。”伙伴极力劝阻着。

“不，就为了这位像母亲一样的老人哭喊声，我也要去。”巴默纳罕坚定地说着。他以前跟父亲驮货去过那地方，知道有一条秘密小道可抵达，为了安全起见，他用废布将毛驴的四蹄包裹起来，以免毛驴行走时发出声响。

巴默纳罕赶着毛驴上路了。由崎岖的山路折而向北，拐入一条沿着山谷蜿蜒而窄长的河床，这个季节河水干枯了，极少有人从这儿过去。不料，依稀的月光下，突然蹿出几个持枪的黑影，一道手电亮光直射在他脸上：“站住，举起手来！”

巴默纳罕心里一惊，知道大事不妙，落入武装分子手上了。

为首的是个胡子脸，看了下驴背上的选票箱：“这里面装的是什么东西？”巴默纳罕答道是选票。胡子脸便令手下的人打开，发现箱内果真是一张张选票时，脸色倏然变了，又凶声问道：“快说，谁派你驮送的？”

“是我自愿驮送的。”巴默纳罕镇定自若，“而且，也是我主动要求送到这儿最后一个投票点的。”

“混蛋！”胡子脸咆哮了起来：“难道你不怕被我们抓住，杀了你吗？”

“怕有什么用，能让战乱停止下来吗？”巴默纳罕毫不畏惧，声音也变得激愤起来，“几十年来的残酷战乱，在我们阿富汗这个国家，还有多少家庭是完整的，你们就没有死于战乱中的亲人吗？你们要杀我的话，将我押到前面的山崖小道上，七年前，我饱受苦难的父亲就是在那个地方摔下去的。”

胡子脸怔住了，另几个汉子也默不作声。少顷，他们在一起低声嘀咕了一阵后，胡子脸便吩咐一老一少两个汉子：“那就把他押到山崖小道去，让他自行了断吧。”

巴默纳罕赶起毛驴，由这一老一少两个汉子押着，刚爬上险陡的山崖小道，年老的一个马上对巴默纳罕说：“你走吧，真主会保佑你平安的，天亮之前你就能到达目的地了。”

巴默纳罕走开没几步，年少的一个跑上来，悄悄将几张揉成纸团的选票塞给他，然后朝天砰砰地放了两枪，和年长者返回去了。

天亮时，巴默纳罕打开了这几张选票，眼不禁湿了，原来选票的正反两面，都庄重地写着“和平”。

国家和平，这是人心所向啊！巴默纳罕小心翼翼地收好这几张选票，赶着毛驴，继续跋涉在险陡的山崖小道上……

战地守墓人

一座孤独的石垒小屋，伴着一片没有墓碑的墓地。多少年了，这片墓地似乎像阴森的地狱，似乎比严寒的北极还冰冷，除了小石屋的主人伊斯曼外，从来就没有人来凭吊，或献上一束鲜花。

整个墓地看不到一棵常青松柏，鸟儿也很少飞来。60 年前发生在这儿的那场战争太惨烈了，成千上万发炮弹和燃烧弹，将这儿的树林和一切毁掉了,在这儿负隅顽抗的德军一个团也完蛋了！盟军清扫战场时,将自己阵亡的将士抬上大卡车,送往烈士陵园安葬的同时,挖了很多坑,准备将四处的敌尸就地掩埋,发现一个娃娃脸还活着,脸上充满了恐惧,被几个死去的老兵紧紧压在身下……这是盟军唯一抓到的俘虏,他叫伊斯曼,17 岁,是个传令兵。

伊斯曼也成了德军这个团唯一的幸存者。

几年以后,伊斯曼被释放了,他没有选择回德国,独自背着战俘营发的行李,沿着一条偏僻的小路走了几个钟头,因为小路的尽头就是荒草萋萋的墓地。希特勒毁掉了德国,也在这块窄小之地扔下了几千个亡魂。但是,这些亡魂生前也是人,曾是父母的孩子、姐妹的兄弟。

伊斯曼要留守在这儿,尽可能为他们每个人凿一块墓碑。

很多年过去了,尽管伊斯曼尽了最大努力,可是,他始终无法准确地找到每一个战友的遗体,也无法查清他们的出生年月,军衔。作为战败的阵亡者,只能像死狗似被胜利者任意掩埋,或者是集体扔在挖好的深坑之中——历来都是如此。所以,墓地上仍然没有一块墓碑,只有嵌在地面上的石块,每个石块上刻着两三个人,或者五六个人,甚至十多个人的名字。

此外,墓地里还有一个冢,里面埋了两三百人,包括团长莫科纳等军官。伊斯曼花了半年多的时间,在这之上凿了一根花岗石的十字架,他心里也充满了悲哀,为他们参与了这场侵略战争而悔恨,以至死去了都不能有一席之地。

多少年了,伊斯曼也养成了习惯,早上走到医生妮娅的墓前时,仍像以前一样打着招呼:“早上好,妮娅医生,昨天我去了附近的小镇,你要的法国香水没买到。下个星期我再去一趟吧。”

走到希罗和纳姆克的墓前时，他会嘻嘻一笑："希罗，晚上睡觉你可防着纳姆克点，最好多穿一条内裤，那家伙可是个狂热的同性恋。"走到一块岩石下的墓前时，他会兴冲冲地喊道："凯卡文，我打听到你老婆和儿子的下落了！战后他们一直生活在柏林，你儿子早就娶了老婆，你老婆也早就有三个孙子了，你可要请我喝酒……"走到几个老兵的墓前，看着长出的野草时，他会拍下脑袋，像是想起什么自言自语地说："糟糕，勒布朗大叔的胡子一定像野草一样长了出来，今天我得把坏了的刮胡刀修好，明天早上就给他送过来。"

有月光的晚上，他会来到竖有十字架的冢前，掏出一把老旧的口琴，轻轻用衣袖擦拭一下，吹起《月光下的莱茵河》，眼中也噙满了泪水。这把口琴是团长莫科纳的遗物。那场惨烈的战斗中，团长倒在了飞来的炸弹下，口袋里的这把口琴也受了"内伤"——以后无论怎么修理，吹起来老是跑调。伊斯曼不由想起团长死前的哀叹："我们唯一的错，不该生为德国人，但我们是军人，别无选择。"

团长莫科纳有兄弟五个，都是很出色的军人，但最后，都没有逃脱失败和战死的厄运，都别无选择地被埋在五个曾被侵占过国家的荒漠或乱石岗上，没有人凭吊，没有鲜花，甚至连墓碑都没有一块……

岁月就这么流淌过去了。

这是60年后的一天，墓地还飘着细雨，突然来了几个头发花白的老兵，拄着手杖，胸前挂满了各种勋章，他们就是当年攻克这块阵地的盟军幸存者，专程来故地重游的。伊斯曼也凿好了最后一块当成墓碑的石头，上面刻着他的名字，因为他已经患了绝症，在这个世界的日子不多了。

几个老兵惊诧地看着,才知道眼前这个驼着背的守墓人,就是盟军当年唯一抓到的俘虏伊斯曼,而且,为了几千个战友的亡魂得到安息,独自在这个地方陪伴了几十个春秋……他们的心灵一下被震撼了,肃然起敬之中,向伊斯曼庄重地行了个军礼。

这几个老兵走后,伊斯曼马上来到竖着十字架的冢前,兴奋地喊道:“团长,团长!今天有人来墓地吊唁了,知道他们是谁吗?就是当年与我们较量过的老对手,那个叫凯恩的上校说,作为军人,我们同他们一样勇敢,优秀。”

“团长,你知道吗,在那场战斗中,盟军伤亡3万5千9百人,我们只伤亡2万2千人,比他们少1万3千9百人。可是,我们却战败了,柏林被苏联红军占领……德国无条件地举手投降了!”

伊斯曼扑倒在冢上,痛哭流泪起来。

“团长,我们唯一的错,并不是不该生为德国人,而是错误地选择并追随一个战争狂人,忘记了日耳曼只是地球上的一个民族,永远不可能主宰世界,也永远不可能统治人类,和平才是这个世界的上帝。”

这一天,伊斯曼在花岗石的十字架柱上,颤颤巍巍,刻下了生命中最后的心声:人类永远不要战争!

谁是复仇者

瓦伦的父亲是英国一个大富商，经常到南美洲做钻石交易。瓦伦4岁的时候，父亲突然暴病而亡，没多久，母亲莎白就和父亲的私人医生威尔结了婚，并把瓦伦送到国外生活。

瓦伦在国外一直长到17岁，他的性格酷像父亲，喜欢冒险或做生意赚钱。这一年，很少来看他的母亲莎白从英国来了，神情十分憔悴。原来，母亲在国内的生活并不愉快，经常遭到继父威尔酒后的欺凌，甚至殴打。瓦伦很气愤，就想回国找继父算账，母亲坚决不让他回去，并痛苦地对瓦伦说："记住妈妈的话，不要学你父亲从事经商，好好攻读法律，将来就是回国，也要选择法官的职业。"

母亲为什么阻止他回国，不让他像父亲那样从事经商，而只希望他将来选择法官这一职业呢？瓦伦始终不明白，心中就有了许多疑问。尤其是从母亲痛苦而忧伤的口气中，他似乎预感到什么……

半年后的一天傍晚，瓦伦住处的门铃响了，他打开了房门，是一个中年黑人妇女，披着头巾，身体十分瘦弱。"可怜的瓦伦，难道你真的不认识我了吗？我就是你们家以前的女仆莫迪。"没等瓦伦开口，莫迪又异常激动地哭泣起来，"我辛苦寻找了十多年，今天终于找到你了。"

瓦伦也马上想了起来，以前家里是有两个南美洲仆人，一个是这位叫莫迪的女仆，另一个是男仆，叫维扎西。父亲死后不久，这两个仆人就失踪了，一直下落不明……

"可怜的瓦伦，你知道吗？你的父亲并不是死于暴病，而是被威尔谋害的。他想占有你美貌的母亲，他害死你父亲以后，又想加害我和男仆维扎西，这样，我和那个男仆不得不逃走……"莫迪由于激动过度，捂着胸口，痛苦地咳了一阵后，又颤颤巍巍地掏出一只象牙烟斗，递给了瓦伦，"这是你父亲死后的第二天，我到他房间清扫时发现的。威尔就是将毒粉，偷偷撒在你父亲的这只烟斗内……我已经患了绝症，可怜的瓦伦，你一定要相信我的话，为你冤死的父亲报仇。"

听完莫迪的哭诉后，瓦伦不禁满腔悲愤，以前埋在他心中的那些疑问，此刻一下有了答案。他紧紧攥着拳头对莫迪说："我明天就回国，一定要报杀父之仇！"

第二天，瓦伦就坐飞机回国了。

当瓦伦提着皮箱，出现在母亲莎白的面前时，母亲一时惊住了。"瓦伦，你怎么回来了？""这是我的家，难道我不能回来吗？"瓦伦冷冷地回答着，然后转身上楼，走进他小时住的房间。一切都是原来的布置，桌上摆满他儿时喜欢的各种玩具，尤其是悬挂在墙上的那张小木弓，精致而小巧，是以前的男仆维扎西用南美洲一种结实的材料制的。瓦伦还依稀记得，他小时很调皮，用这张小木弓射杀过不少鸡狗……

继父威尔参加一个朋友女儿的婚礼去了，晚上才能回来。瓦伦就按照女仆莫迪提供的地址，去拉斯克尼大街，找到了以前的男仆维扎西。维扎西见到瓦伦又悲又喜，并告诉他，威尔就是杀害他父亲的恶棍。他与瓦伦母亲结婚后，还经常在外面和别的女人鬼混。这个男仆最后对瓦伦说："你一定不能放过威尔，他是

你们家最大的仇人。”

瓦伦回到家时,天已经黑了。继父威尔也回来了,穿着睡衣,见瓦伦进来不理睬他,眼中还射出一种仇视的目光,威尔很生气,马上斥责瓦伦道:“混蛋东西!知道吗,你应该叫我父亲!”

“不,你不配当我的父亲!”瓦伦忍着心中怒火,朝前跨了一步,“请问威尔先生,我父亲当年是谁谋杀的?”

威尔神情不禁一怔,突然像是明白了什么,气急败坏地跳了起来骂道:“臭小子,你怀疑是我害死你父亲的吗?没教养的小混蛋,乳臭未干!你以为你父亲是个什么英雄……”

“威尔,你别这样。”莎白这时惊慌地跑了进来,紧紧抱住又跳又叫的丈夫,用央求的口气对瓦伦说,“别再惹你继父生气,他患有心脏病……快回你房间休息吧。”

在母亲的苦苦劝阻下,瓦伦悻悻回到楼上自己的房间,同时为母亲的软弱深感耻辱。他不明白,威尔这个恶棍害死了父亲,霸占了家里财产,而母亲为什么还这么死心塌地跟他生活在一起。瓦伦暗下决定,明天不管母亲如何阻拦,他一定要撬开威尔的嘴……

很快夜深人静了,瓦伦正准备上床时,突然,楼下传来母亲“啊”的一声惨叫!

瓦伦赶紧拉开房门,冲下楼,一脚踢开继父的房门。威尔正像一头疯狂的伤兽,背朝着门外,双手紧紧掐着母亲莎白的脖子,咆哮道:“你儿子把我当成了仇人,你现在也想甩掉我!没这么容易,我不是一条替你看门的狗,知道吗?当年如果不是我隐瞒你那该死的丈夫……”

见母亲莎白昏了过去,瓦伦顺手抓起一把椅子,狠狠朝威尔砸去。威尔哼都没哼一声,身子晃了下就栽倒了。莎白很快苏醒了过来，看到歪躺一旁的威尔时，她一下吓呆了："瓦伦，是你杀死了继父？"瓦伦咬牙切齿地点点头："他谋害了我父亲，霸占了你……这是他罪有应得。"

"不，威尔没有谋杀你父亲。"莎白神情凄然哭了起来，"快告诉我，谁说你父亲是威尔谋杀的？"

"妈妈，你还记得我们家以前那两个南美洲仆人吗？"

"啊？是莫迪和维扎西！"莎白恐惧之中睁大了眼，紧紧抓着儿子，"难道是他们找到了你，告诉你的吗？"

瓦伦点点头，掏出父亲生前用过的那只象牙烟斗，莎白一见差点昏倒过去。"瓦伦，你受骗了！那两个南美洲仆人才是你父亲的仇家啊！"

莎白接着痛苦地讲述起来：原来二十多年前，瓦伦的父亲往返于欧洲南美洲做钻石生意，暗地却是贩卖军火。莫迪是南美洲一个酋长的女儿，维扎西则是她的未婚夫。那年，由于另一个部落得到瓦伦父亲的军火相助，打败了莫迪的部落，并杀死了她父亲。莫迪为了复仇，就带着维扎西来到英国，辗转成了瓦伦家的仆人……

瓦伦听着惊呆了，颤声问道："那么，是这两个仆人杀害父亲的吗？"

"不！杀死你父亲的，正是你呀，瓦伦。"

"什么，妈妈是说我亲手杀死自己的父亲？"瓦伦惊恐之中差点喊叫起来。"你看见房间墙上挂着的那把小木弓吗？"莎白神情恍惚，忍受着内心的悲哀，"当年 4 岁的你，十分喜欢枪之类的玩具。维扎西就是利用你这点，特制了这把小木弓，然后教你射鸡射狗。等你练得十分准确的时候，他就在箭头涂上南美洲一种见血封喉的剧毒。那天你父亲从南美洲回来，刚从车上下来时，你边欢叫着跑上去,边举着小木弓朝父亲射去……”

瓦伦也依稀回忆了起来:“不错,我的箭射在父亲的腿上,父亲拔下时,还亲昵地骂了我一声,‘瓦伦,小心爸爸打你的屁股’。”

“那可是致命的一箭!当晚你父亲就毒发身亡。当时只有我和威尔在场,他是你父亲多年的私人医生,告诉我说,你父亲所中的毒来自南美洲……快找莫迪和维扎西来问问!谁知这两个仆人已经逃走……”

“妈妈,你为什么不向警方报案,让警察将潜逃的莫迪和维扎西抓获?而且,这么多年来为什么还一直隐瞒着我?”

“你父亲在南美洲所干的事并不光彩,如果惊动了警方,你父亲将会身败名裂。”莎白悲痛地抽泣着,又将一脸忏悔的瓦伦紧紧搂在怀里,“而且你这一生也将不会有安宁,因为父亲是死于你之手,过早地让你知道真相以后,你就会生活在一种痛苦和精神折磨之中,永远无法摆脱这种阴影。为了你的将来,母亲只能选择送你去国外,换一个新的生活环境。母亲要你学法律,将来选择法官的职业,也就是希望你不要走父亲的那条路,想让法律使你变得有理智,任何时候都会用法律来约束自己……”

“我明白了,妈妈委身嫁给威尔,是为了父亲的名誉,让他永远保守秘密。”

“是的,由于家中的一切这些年都是被我掌握和控制,可怜的威尔并没有得到什么。”莎白看了眼地上歪躺的威尔仍睁着一双大大的眼,又露出一种凄然而怜悯的神色,自语道,“这么多年过去了,莫迪和维扎西为什么仍不放过他?我现在知道了,因为他跟你父亲一样,当年也参加过肮脏的军火交易……”

失败的生意

哈斯早就打听好了,街头给人擦皮鞋的迈尔,收藏有一枚鸟蛋,这种鸟一百年前就绝迹了。这种鸟蛋一枚最少值上千万美元。

哈斯是个精明的商人,生意场上从没失过手。他找了迈尔不下10次,可迈尔总是眉头紧锁,劝哈斯不要打鸟蛋的主意。

哈斯不达到目的不罢休。这天晚上,他又上门来纠缠,还带来2万英镑。迈尔叹口气,终于松口了,他愿意将鸟蛋白送给哈斯,但有一个条件:哈斯必须签署一份证明,证明他已经将鸟蛋转送了哈斯。

“行行,这绝对没有问题。”哈斯兴奋得满脸通红,马上签了这份证明,然后,抱起装有鸟蛋的盒匣赶紧走了。

一连几天,哈斯都处于亢奋之中,正盘算着如何卖出这枚鸟蛋时,突然来了两位不速之客。

一个戴礼帽的人亮出证件:“我们是国家鸟蛋保护委员会的。我叫威尔逊,这一位是鸟蛋鉴定专家。听迈尔先生说,他已经将鸟蛋转送给你,请拿出来让我们核实一下。”

原来,这枚鸟蛋在迈尔家收藏时,就上了国家鸟蛋重点保护名单,每半年委会员都会派人来核查一次。威尔逊一脸严肃道:“哈斯先生,知道你为什么不能私人拥有吗?国际动物保护组织的会徽上,印的就是这种已经被人类灭绝了一百多年的鸟,而且,全世界迄今只发现这一枚鸟蛋……”

“所以，”威尔逊稍顿了顿，加重语气道：“你只有保管权，如果你私自卖掉了，你将会被法院起诉，至少在监狱呆 15 年。”

哈斯傻眼了：“那我不要了，现在就捐献给国家。”

“对不起，”鉴定鸟蛋的专家摇起头：“我们国家虽然有成千上万种鸟类，唯独没有这种鸟，所以无权接受你的捐献。要不然，我们早就接受迈尔先生的捐献了。”

“那我，我捐给产有这种鸟蛋的国家。”哈斯更慌了，连声央求。

“这个恐怕更困难，目前还不知道它属于哪一个国家。”威尔逊咳了声，拍拍哈斯的肩膀，“这种鸟以前生活在非洲，后来发现澳大利亚也有。但是，这枚鸟蛋究竟产于哪个国家，迈尔先生买到它之前，究竟转了多少人之手，已经无法调查清楚了。你也知道，目前非洲有些国家正处于战乱……”

“那我现在该怎么办？”

“为这枚鸟蛋投巨额保险，这是唯一的最好办法。”

威尔逊走到门口，又像是想起了什么，看着呆若木鸡的哈斯：“忘了告诉你，迈尔先生以前比你还富有，就因为这枚鸟蛋，他每年要支付 20 多万的保险费。不过他现在好了……”

卖画高手

有个叫逊克的人开了一个油画专卖店，星期五将正式营业，邀请著名油画家摩根一定要去光顾，同时多带点钞票，可能有他希望买到的油画作品。

摩根并不认识这个叫逊克的人，况且，他的大名早被人们所熟悉，如果要他掏钱买别人的油画作品，除非是像凡·高、达·芬奇等巨匠的作品。摩根就将请帖扔进了字纸篓。

星期六的一大早，摩根就接到一个朋友的电话，许多知名油画家昨天都去光顾过逊克的专卖店，那家伙卖的还真是当代名画家的作品。而且，每个知名画家去了后，都花钱买了自己认为该买的作品。朋友最后在电话里嘱咐："最好是今天，你一定要去一趟逊克的专卖店，不然，你会感到遗憾和后悔的。"

摩根虽然半信半疑，但他还是去了逊克的油画专卖店。他刚一走进去，秃顶、矮胖的逊克就迎了上来："先生，我这小店虽然不起眼，卖的可全是当代名画家的杰作。"

摩根随着逊克的指点，看到一幅幅挂在墙壁上的油画，这些油画都经过一番精心的布置。当目光触到其中一幅《向日葵》的作品时，摩根的脸色倏然变了，似半截木头般愣愣地杵在那儿，显得十分吃惊。

逊克马上热情地介绍："这是当代知名画家摩根的早期作

品。他当年的画技并不怎么样,甚至十分糟糕。看看这幅作品就知道了。他这是模仿凡·高的那幅……"

摩根用手指按了一下太阳穴:"够了,够了!"他的脸涨红了,马上掏出500法郎,"这幅油画我买下了。"

谁知逊克耸耸肩,摇了摇头:"先生,这是昨天小店开张的价格,今天不再优惠,最少1000法郎。"

逊克边报着价边看了眼十分生气的摩根,意味深长地一笑:"先生,你应该明白,摩根成名后的作品多如牛毛,但像他早期这种糟糕透顶的作品,却凤毛麟角。我这小店昨天开张时,很多知名的画家都来光顾过,并且都是自愿掏钱,将他们早期的作品纷纷购走……"

逊克接着又狡黠地笑了笑:"凡·高穷困潦倒的时候,一块面包能换到他一幅画。而现在情况不一样了,像摩根这样的画家成名以后,他们不缺少钞票,却极爱惜和看重自己的名声……如果你明天来买的话,这幅画将是1500法郎。"

摩根无奈地问:"如果是摩根本人来买呢?"

逊克高兴地一拍脑门:"那太好了,我正等着他来呢。"他兴奋地说:"他肯定会出3000法郎,因为他不会留下这么糟糕的作品,也不会让任何人替他保存。先生你说是不是?"

摩根再也不想待下去了,就掏出1000法郎买下自己早期的这幅作品,然后挟在腋下走出小店。

摩根刚走一会儿,逊克又拿出一幅油画挂在显眼的地方,那是摩根早期模仿达·芬奇的那幅《蒙娜丽莎》……

拍卖总统的第六根手指

纳威克是个著名的拍卖师，他最成功的一次拍卖，是在伦敦拍卖一枚印有美国总统富兰克林·罗斯福六根手指的邮票。

“诸位先生、女士们，下面拍卖9号藏品。这是摩洛哥1947年发行的一枚邮票，大家可能注意到了，邮票上的罗斯福总统竟然有六根手指。”

“众所周知，罗斯福是美国第三十二任总统，他是坐在轮椅上指挥美国人民取得第二次世界大战胜利的。尽管这位总统1945年不幸逝世，但是，他生前拯救美国及拨动世界地球仪的这只右手，自始至终只有五根手指，而这张邮票上多了一根，当然也就引起许多美国人的愤怒……”

“这张邮票的设计者是个年轻画家，当他知道因他一时的疏忽铸成终生大错，美国人认为他是有意贬低与讽刺他们爱戴的总统是个残疾人时，心里充满了惶恐不安，便给健在的罗斯福夫人埃莉诺写信道歉，希望能原谅他的错误。”

“很快，年轻画家接到了老夫人的回信，称她在梦中将这件事告诉了天堂的丈夫罗斯福，丈夫一点不生气，说那位年轻人只给我多画了一个手指，不像某些政客在他死后还朝他身上泼污水。并且还预言，在将来的邮票史上，抬高罗斯福身价的并不因为他当过美国总统，恰是多出的这根手指。”

“好啦，今天我们来见证一下，这位杰出总统的‘第六根手指’，究竟能给他的身价增值多少？”

经过10多轮激烈的竞价之后，纳威克手中的棒槌重重落下，会场也响起他激动人心的声音：

“诸位先生、女士们，罗斯福不愧是一位伟大的预言家！他的第六根手指果然不同凡响，由于这根手指，总统的身价一路飙升，以五百万英镑成交了。我纳威克也将会骄傲一生，因为我拍卖出了一根上帝的手指！”

走　眼

泰利开的旧货店紧挨着彩票店。霍顿夫人经常来买彩票，而且和泰利很熟，却从来没进他的旧货店光顾。

看到霍顿夫人每天把钱扔进彩票店，泰利也很想她能照顾自己店里的生意。所以，每次站在门口见到霍顿夫人时，他总会热情地打招呼：“霍顿太太，不想到我店里淘点想要的货吗，比跳蚤市场还便宜呢。”

“对不起，等我需要的时候吧。”霍顿夫人也总是这样敷衍他，然后马上走开。因为，泰利店里卖的都是人家用过的旧玩意，霍顿夫人害怕沾上霉气，也从来没指望这红鼻子老头的旧货店能给她带来什么财运。

有一天，霍顿夫人意外地走到泰利的旧货店来了，这让泰利十分高兴，满以为霍顿夫人会在他店里消费上百欧元。谁知，霍顿夫人只看中了扔在角落里的一幅画，画作看上去是些胡乱画在纸上的线条。泰利也从来没把这幅画当一回事儿，见霍顿夫人要买，他开始要价 50 欧元，霍顿夫人几番砍价后，最后 5 欧元成交了。

霍顿夫人其实并不喜欢这幅画，她只是想带回去送给一位情绪低落的朋友，并且约好了，明天两人一起到郊外用它来掷飞镖。

也该霍顿夫人发迹。这天她回到家里，丈夫正在招待一位白头发的客人，当客人看了她买下的这幅画时，惊愕不已，神情也变得激动起来，连声追问道："你是从哪得来的，知道吗？这可是美国 20 世纪一位著名抽象派大师的作品啊！"原来，这位客人是某大学的美术教授，出版过几本有关抽象派大师的专著。第二天，霍顿夫人又将这幅画送到拍卖行鉴定，果然得到证实，确实出自那位抽象派大师之手。

两个月后，这幅画被拍卖了 5000 万欧元。

霍顿夫人兴奋极了！这一天，她特意来到泰利的旧货店，心想红鼻子老头知道她买彩票没中大奖，反而在他的旧货店撞上这笔天大的财运时，心情一定很沮丧。不料，老板泰利见到她来了，仍然像往常一样热情地问她："霍顿夫人，今天到我的店里来，淘点什么想要的货吗？"

霍顿夫人终于忍不住了，"泰利先生，记得我上次花 5 欧元从你这买走一幅画的事吗，它可是美国著名抽象派大师的作品，给我带来了 5000 万欧元的好运！"

"是吗？"泰利脸上挂着淡淡笑容，没有一点儿惊奇和嫉妒的样子。霍顿夫又忍不住问："泰利先生，你开这个店 20 多年了，应该有成千上万的人来光顾过吧？为什么包括你在内,都没有人看出这件艺术珍品的价值呢?”

“这没有什么奇怪的。”泰利稍顿了一下,才回答,“在大多数人眼里,这幅画仅是几条胡乱画的线条而已,根本不会有人问津。真正能够认识它的,可谓‘凤毛麟角’,所以这幅画才不同凡响。况且像你这样的幸运者,也是我开店以来唯一的一个,不然,我的店也不可能维持到现在。”

“知道我收来的价格吗?”泰利最后看看霍顿夫人,伸出了三个瘦瘦的指头,原来当年这幅画他是花 3 欧元收来的,还赚了 2 欧元。

感恩小偷

今天真是个黄道吉日,小偷希尔来到这个小城仅一上午,作案 5 起,竟然无一失手,也没有见到什么人报案。

看着窃来的金银首饰、名表和钞票,希尔兴奋极了,也有些后悔,早知道这个小城的人比猪愚蠢,东西这么好盗,他就不应该待在伦敦,还被抓入监狱蹲了几年……

傍晚时分,希尔走进广场附近的酒吧,准备饱尝一顿丰盛的美餐时,忽然,他发现有个小偷在行窃,连盗了几个顾客的钱包,老板和服务员都瞧见了,却放走了这个小偷。希尔有些忍不住了,故意问走来的老板:“那家伙是个小偷,你们为什么不抓起来?"

"先生是外来的吧,"老板笑容可掬地问道,并把目光投向窗外,"我想你一定看到广场的那尊铜像了。知道他是什么人吗?"

"应该是个英雄。"

"不不,"老板摇起头:"他只是一个无名小偷,但是,小城的人永远忘不了他……"

原来第二次世界大战中,这座偏僻小城被德军占领了,只等司令官下令血腥屠城,不料司令官的手令,被这个无名小偷窃取了,他化装成司令部送信的通信兵,并将手令篡改成"撤退"。小城因此得救了,所有的人也逃过一劫。为了纪念这位无名小偷,后来,人们就在广场为他竖了这尊铜像,而且也一直把每年的这天,定为小城的感恩日。

希尔呆了一下:"我明白了,今天小偷在小城偷东西,不算犯法也不会受到任何惩罚?"

"不错,每年仅只限于今天。"老板点了点头,看了一眼希尔,"不过,聪明的人是不会当小偷的,也不会来小城作案,因为广场上的这尊铜像会让他们无地自容,只有一些比猪还愚蠢的家伙,才会窜到小城来做坏事。"

希尔变得狼狈起来,含糊和支吾地说:"不错,只有没长眼睛的家伙才会来这小城——"

"来了也没关系,"老板显得一脸轻松,像是安慰希尔,说道,"最后只能是空欢喜一场。"

"为什么?"希尔不相信,马上又追问了一句,"刚才那个小偷不是得手了吗?"

"那钱包里只是几张假币而已,"老板哈哈笑了起来,笑声中也

充满了幽默,“包括商店所摆的金银首饰、所谓名表等等。小城人好客,今天这个日子,总不能让远道而来的兄弟空手回去……”

被通缉的狗

西蒙是银行的职员,一天下班,看见几只小狗对一只挂牌的小狗群起攻之,西蒙起了怜悯之心,救出这只小狗并带回了家。

妻子一见惊叫起来:“天哪,你咋跟这畜生同流合污,不怕蹲监狱吗?”原来电视上刚播过新闻,警方正在通缉一只代号为 K3 的小狗,还放出此狗的照片哩!西蒙忙检查小狗脖子上的圆牌——还真有 K3 的字样。惊愕之中,西蒙突然问妻子:“警方有悬赏吗?”

“好像是一万美元。”

西蒙兴奋得脸都红了,马上给小狗喂最好的食物,妻子想向警方报案,也被西蒙阻拦住:“这狗能给咱们带来财运,知道吗?明天警方还要为它加码。”

果然,第二天,电视上又播出警方的悬赏,从一万美元加到了两万,第三天加到了三万!西蒙估计警方不会再为小狗出更高的悬赏了,就带着小狗来到了警察署。警方马上将小狗小心翼翼地装进铁笼,然后用专车运走了。西蒙也领到了悬赏,一位胖警官带着遗憾的口气说:“西蒙先生,警方正准备将悬赏提高到十万美元,你就把小狗送来了。”

西蒙露出愕然神色，懊悔不已，正准备离开警察署时，胖警官突然抓住他，并将他关进了隔离室。西蒙又气又急："喂，我没触犯法律，凭啥要将我当犯人一样对待？"

"冷静点儿，西蒙先生。"隔着玻璃小窗，胖警官露出冷冷的表情，"你知道警方为啥要通缉这只狗吗？"

"它是从实验室里跑出来的。"胖警官看看吃惊的西蒙，稍顿了顿，"它身上携带了十多种可怕的病毒，随时都有可能传染给人类，而且，这些病毒的潜伏期很长。"

"啊？"西蒙一听傻了，感到眼前一片黑暗，绝望中颤抖地问，"那么警官先生，我会被隔离观察多长时间？"

胖警官耸耸肩，转身走开了。没一会儿，胖警官又回来了，敲敲玻璃小窗："西蒙先生，我帮你问清楚了，你隔离的时间不会是一年，也不是五年……"

"那到底是多长时间？"西蒙惊喜地问。

"可能是终生。"

百老汇酒吧

老逊克从年轻时开始，就喜欢去两个地方，一个是美国最著名的百老汇大剧院，一个是百老汇酒吧。

尽管老逊克是个富家公子，他每天可以出入百老汇大剧院，却不能频繁地去泡百老汇酒吧。因为，全世界再也找不出比它还

昂贵的酒吧了，一杯普通的冰淇淋，1500 美元；一盘苹果馅饼，3000 美元，最奢侈的还得数舞池中央被称为“上帝的黄金之椅”的几把椅子，只要往上面一坐，点上一只澳大利亚的烤火鸡，外加从加拿大空运来的几只牡蛎，乖乖，那就得按小时计费——这笔钱足够买一辆宝马小轿车。

老逊克来过很多回，最奢华的一次也只是花了 5000 美元，点了杯鸡尾酒。在这个尽情炫耀财富的地方，老逊克也开了眼界。不同时期，他看到不同国度的人来这里如何花天酒地，纸醉金迷。最开始时，是从大不列颠来的英国人，他们戴着绅士礼帽，歪靠在“上帝的黄金之椅”上，沉浸于“日不落帝国”几个世纪的辉煌之中……

后来，轮到了美国人，他们靠战争和贩卖军火发了大财，跷腿坐在“上帝的黄金之椅”上，睥睨天下。

再后来，日本人成了这里的常客，经济上的迅速崛起，使日本人踌躇满志，“上帝的黄金之椅”已经满足不了他们的胃口……

不过如今一切变了，那些英国人、美国人少见了，日本人也不常来了，最显眼的“上帝的黄金之椅”坐着的则是大腹便便的中国人，他们成为老板哈马丁最欢迎的客人。

而且，只要外面响起重重的喇叭声响，男女招待们都会赶快跑到门口迎接，抢着拿衣，拎包，来的中国人不像英国人吝啬，也不像日本人小气，通常付的小费比他们干一个星期挣的还多。

老逊克已经很长时间没来了。这天，他来也只是坐了会儿，当他看到坐在舞池中央——“上帝的黄金之椅”上的那几个中国人，一掷千金，喝着上万美元一杯的高档鸡尾酒像喝水似的一杯又一杯时，老逊克露出羡慕眼光，他对老板哈马丁感叹道：“几年没去北京了，真想不到，中国人现在竟变得如此富有。”

老板哈马丁却鄙夷地哼了声，凑近他耳旁低声道：“知道吗，他们不代表中国，只是从那里逃出的贪官！”

最倒霉的人

小本次郎是个倒霉的人。有一次，他在街头看见一个男子被车子撞了，浑身是血，歪躺在地下。小本次郎就跑上去，想背起他送到医院抢救，没想到那男人掏出匕首，朝他叫道：“兔崽子，别靠近老子，不然一刀捅了你！”

小本次郎置生死于不顾，背起这男人朝医院奔跑时，这男人连朝他的背上捅了几刀，小本次郎疼痛难忍发出一声惨叫，接着，他眼前一黑，就倒在地上什么都不知道了……

等小本次郎清醒过来时，已躺在医院病房里，身边还站着两个表情严肃的警察。原来，他所好心帮助的那个男人竟然是一名警方抓捕的逃犯。其中一个胖警察说：“老兄，你真是命大，如果那家伙不是伤势严重，流血过多……恐怕你现在躺进太平间了。”

这事发生不久，小本次郎又奋不顾身跳河救人，被《朝日新闻》的一位记者知道了，就上门采访。

记者问小本次郎：“那天你跳水救人的刹那间，首先想到的是什么？”小本次郎答道，“钞票！首先想的就是钞票。”

记者接着问,“当时,岸上有那么多人观望,他们为什么不跳下水救人,难道是天冷的原因吗?”

“可能是他们没有看到钞票。”

“那么,你是为了钞票,才跳进河中救人的吗?”记者生气地问。

“不是我为了钞票,”小本次郎的脸涨红了,告诉记者当时的情景,那个落水的家伙,脑袋都沉下去了,而露出水面的那只手,还一直挥舞着大把钞票。

记者又打断他问:“这么说,你游过去后,首先是抢过他手中的钞票,然后才将他拖上岸来的?”

“不错,上岸后我还数了下钞票。”小本次郎点点头,神情沮丧而悻悻地说,“我正准备问这家伙,你在银行抢走我的钞票,怎么少了五百美元?没想到救护车这时就来了,医生和护士跳下来,他们七手八脚就将这家伙拉走了!”

前妻的钻戒

“亲爱的,你知道我是多么后悔吗?”黛丝太太扑进前夫马克的怀里,十分伤感地说,“当初我不该鬼迷心窍,不该抛弃你,跟可恶的盖茨私奔……”

“我也很后悔,你私奔的那天我不该酗酒。”马克推开黛丝太太,显得有些口吃起来,“不过我应该向你解释清楚,我今天专程从伦敦……”

“你别再解释了！我知道你今天来的目的。”黛丝太太抢着打断，脸也变得绯红，“我现在是自由身了，已经跟盖茨离了婚。”

“我知道你离了婚。”马克嘟囔着，神情显得十分沮丧，“所以今天我来，并不抱着很大希望，只是想碰碰运气。”

“不，你别难过，我答应和你复婚。”黛丝太太激动地叫喊着，也完全陶醉了，“不过婚礼的那天，你得给我买一套婚纱，至于我戴的首饰，就别浪费钱了，我这里有一枚不错的钻戒，还是你当年给我买的。”

“是那枚带有钻石的戒指吗？”马克一听兴奋起来，喜形于色地说，“太好了！我的第三个太太闹着要我给她买钻石戒指，但我不知道她能跟我生活多久，就想到了你……因为这枚戒指是属于我的财产。你瞧，当年买戒指的发票我已经带来了。”

说到这里，马克又高兴地看看黛丝太太：“今天我的运气真好，没想到你一直替我保存着……”

最成功的广告

罗杰逊是个小商人，这天带着妻子出门，准备坐火车去卢森堡。

谁知火车站在进行改建，这样，从进站到乘车的站台需要七八分钟。罗逊就想找个脚夫，正左顾右盼时，妻子突然发出了惊

喜的叫声:“那不是扬维可奇先生吗?”

妻子的脸也兴奋得绯红,因为引起她惊喜的人是一位著名钢琴大师,她经常到维也纳大剧院听他演奏。罗杰逊忙循声望去,人声嘈杂的近处,他果然看到从不修边幅的钢琴大师,瘦长个儿,穿着那一件咖啡色的旧外套,显然是在等候什么人。

罗杰逊走了过去:“先生,我现在遇到困难,你能帮我把这只行李箱搬到站台上去吗?”

钢琴大师为人很和善,没有拒绝,便扛起箱子跟在后面,一直送到站台上。罗杰逊显然很满意,掏出三个便士递给了他。

钢琴大师没说什么就走了。

妻子生气起来,指责丈夫:“你太过分了,怎么能把我最崇拜的钢琴大师当一个脚夫呢,我真替你脸红。”

“亲爱的,”罗杰逊却露出狡黠的笑容:“你怎么就不想想,世界著名钢琴大师扬维可奇先生,为商人罗杰逊扛行李箱,这该是一条多大的新闻?这难道不是你丈夫一生中做得最成功的广告吗?”

“而且,我只花了三个便士。”罗杰逊说到这里,又得意地晃了一下肥胖的脑袋:“要知道在车站请一个脚夫,最少得付八个便士……看来你所崇拜的人,除了会弹点钢琴外,智商简直太糟糕了!”

哈马顿的画展

哈马顿是个油画家，每周要在家中举行两三次画展，所邀请的人都很乐意参加，都会对他的画作大加赞赏，并且分享和品尝一番。

日子一长，就连街头的流浪汉也不请而来了。

哈马顿也飘飘然了，因为没有一个人说他画得不好，都充满了溢美之词，有的甚至说，就连画坛巨匠凡·高也画不出他这样的"杰作"。

这天，哈马顿走到街头，碰到一个初到此地的老卖艺者向他打听："先生，你知道大名鼎鼎的油画家哈马顿吗？他的家在哪？"

"你打听他家干什么？"

"听说，他今晚要在家中举行画展……"

哈马顿心里一乐，又多了个崇拜者，马上高兴地问："怎么，你对他的画感兴趣？"

"那当然，"看着踌躇满志的哈马顿，老卖艺者的声音充满兴奋，"对于我们这些流浪汉来说，去蹭一餐饭，吃不花钱的大餐，是再好不过的事了。"

哈马顿一下愣住了，老卖艺者又狡黠地笑了笑，压低声音说："听说这家伙的画技并不怎么样，论水平，连个三流画家都算不上。但这家伙的每一幅画都秀色可'餐'，知道吗，他是用美食作画。”

没等哈马顿开口，老卖艺者又继续说：“听我几个去品尝过的同人说，这家伙为了出名，十分舍得花钱，画上的景物全是用的上等美食，像意大利奶酪、法国面包，还有苏格兰的香肠……味道好极了！”

老卖艺者走开了，又回过头，看看呆若木鸡的哈马顿，“先生，你不想跟我一块儿去吃不花钱的大餐吗？如果想去的话，我得先嘱咐一声，那家伙虚荣心强，千万不要把自己的真实想法说出来……”

麻烦的遗嘱

温斯迪老太太逝世前，让律师写了一份遗嘱。在遗嘱中，她把大笔财产留给她疼爱的小猫、金丝鸟等以及她的女管家，并让她的女管家精心地照看这些宠物。

这份遗嘱公布后，引起温斯迪老太太那些孙子、孙女们的强烈不满，他们一起到法院抗议，七嘴八舌，个个都说老太太绝情，老糊涂了，我们可是她的嫡亲后裔，难道连那些不会说话的猫鸟都不如吗？这份遗嘱根本不符合法律。

受理这起案的法官劳顿严肃地问：“你们平时照料过老太太吗？尤其是老人生病躺在床上，打过多少关心和问候的电话，能如实说出次数吗？”

孙子、孙女们面面相觑。

劳顿又提高了声音:“既然你们从不过问,如此冷漠,那么,这些年来能给老太太带来快乐的,一定是那些不会说话的动物了,对不对?既然是这样,老太太遗嘱有什么不符合法律的呢。”

尽管法官劳顿判定温斯迪老太太的遗嘱是合法的,但是,她的孙子孙女们仍不甘心,一年以后,终于让他们抓到了一个机会,原来有继承权的金丝鸟咪咪,不幸被小猫比比捉住——当作一顿美餐吃到肚里了!他们就控告比比已经失去了继承者的权利,因为它咬死并吃掉了别的继承者,并且质问法官劳顿,金丝鸟咪咪的遗产该由谁继承?

“知道吗?你们没有权利控告比比,”法官劳顿仍是一脸严肃,不紧不慢地道,“比比不是人,而是动物,它只是按照它的天性把金丝鸟吃掉的,就像狗可以在大街上任意交配,拉屎撒尿,而不会受到警察……”

“这么说,死了的咪咪的那份财产,我们也没有权利继承,应归该死的比比所拥有?”

“不错!”法官打开抽屉,掏出温斯迪老太太遗留的宠物清单,看了下说:“你们只有等小猫比比死了后,才有权利继承这些遗产。”

“等就等吧,猫的寿命不就十多年吗?”温斯迪老太太的孙子、孙女们异口同声地这样说。

正当他们兴高采烈时,不料法官劳顿抓了下头皮,慢吞吞地说:“哦,忘了告诉你们,在老太太遗留的宠物清单中,还有一只最宠爱的海龟。那家伙可能寿命挺长,听说能活到一千岁……”

雷蒙太太的捐献

几乎每个星期，雷蒙太太都要去慈善院捐献物品，有时还要雇一个搬运工，已经有五六年了。

慈善院也早列出了一份雷蒙太太捐献的清单，至少有上千台洗碗机、微波炉、真空吸尘器及大量的T恤、各种玩具等等。名目繁多，五花八门，绝对都是厂家的“原装货”，而且，雷蒙太太一次没使用过。

雷蒙太太并不富有，她捐献的这些东西也没花一分钱，全是她丈夫摸奖得来的。因为美国的大小报纸、网络、超市和电台天天都举办各种摸奖竞赛活动，为厂家推销生产过剩或大量积压的滞货。

雷蒙太太的丈夫雷蒙，像很多美国人一样染上“抽奖怪癖”。每天早上起来，他顾不上洗脸刷牙，就坐在计算机前，用一个小时完成上百项网络有奖征答活动的报名。他的收音机24小时开着，甚至进餐时，两只耳机还各听一只听筒，用电话的快速拨号功能打到各家电台询问情况。雷蒙的运气也极好，仅只五六年时间，就狂赢了百万美元的“战利品”，还成为美国的“抽奖王”。

雷蒙太太却非常烦恼，因为丈夫所获得的百万奖品，对家里一点用处没有，像洗碗机、微波炉家里早有几台了，房子像堆垃圾一样都堆放不下了。雷蒙太太忍无可忍，只要见到丈夫把奖品带回来,她就统统装入袋子,捐给慈善院。

对于雷蒙太太所捐献的物品,慈善院也一样感到头疼,不知如何处理。因为这类东西他们收得太多太多了,不知要用到哪个世纪?这个世纪除了堆进仓库尘封外,别无用途。

这天,雷蒙太太又送来了一车,这是丈夫上个星期的“战利品”。慈善院院长便带开玩笑的口气,说:“雷蒙太太,由于你们夫妇的慷慨捐献,我准备给州长写信,要求拨款给慈善院修一座像码头那样的仓库。”

“谢谢院长先生,没有这个必要了!”

“为什么?”

“因为我丈夫得奖太多,厂家和许多超市怨声载道,惊动了总统……”

“这是真的吗,总统怎么说?”

“总统已经给全美杂志、报纸和电台下了禁令,规定从今以后,我丈夫每半年只能得奖一次。”

说到这里,雷蒙太太看看慈善院院长,又一脸轻松地说:“我想这是我最后一次捐献,以后不会再来了!”

天堂的门槛

老彼得快死了,他家财万贯,却是个出了名的吝啬鬼,也很自私,从来没有周济或给需要帮助的人施舍什么。

老彼得弥留之际，儿子告诉他说，“爸爸，墓地已经选好了，您逝世以后，我们将把您和妈妈安葬在一起。”

“不不，我不想和你们的妈妈葬在一起。”老彼得摇摇头，呻吟道，“也不要把我和你们的爷爷奶奶葬在一起。”

“那您想和谁葬在一起？”

“神父伊斯曼。”

“您想和神父葬一起，为什么？”

“当年修建教堂时，我曾捐了50美元。”老彼得说着，从枕边摸出一张泛黄的纸条，又喘着气道，“这是神父开给我的收据。知道吗？这是我一生中捐款最多的一次。我想神父一定将这事告诉了上帝，上帝也一定欢迎我去天堂，说不定会让我替天堂理财。”

“爸爸，你想和神父葬在一起恐怕不可能了。”儿子露出为难的神色，“神父的墓旁已经葬了人。”

“谁？”

“拜纳姆大叔。”

“是吗？他只是一个穷石匠……”

“拜纳姆大叔是很穷，但他却花费了10年时间，为镇上的人凿开了一条山路。他死后，大家把他葬在了神父的左边。”

“那么神父的右边呢？”老彼得不甘心，睁大眼追问道，“葬的是谁？”

“帕卡德。您是知道的，一个比您还有钱的富商。”

“不错，这家伙是个千万富翁，可他为教堂捐过一分钱吗，怎么能进天堂的门槛？”

“他是没为修建教堂捐一分钱。”看着神情愤然的老彼得，儿子声音变得吞吞吐吐起来，“可他把全部家产捐给了慈善事业。”

麦凯先生的猫

麦凯先生无法容忍警局办事拖沓的作风,他养的一只叫拜纳的猫失踪后,就向警局报了案,警局也承诺一个星期内给他答复。可是,一个半月过去了,警局方面却一点消息也没有,似乎根本没当一回事儿。

这太过分了！麦凯先生十分生气,这天正准备投诉警局时,突然接到办案警官切斯的电话,称找到了拜纳的下落,让他赶快去警局一趟。

麦凯先生到了警局,警官切斯一见他,就喜形于色地说:"麦凯先生,你的猫咪拜纳有消息了！它还活着,而且很健康。知道吗,为了找到它的下落,警局这次不知费了多少周折,甚至还请外事处大力协助……"

警察都这个德行,案破以后,总会把自己的功劳吹嘘一番。麦凯先生根本不想听这些,便马上打断道:"请问警官先生,拜纳在哪？我想马上带它回家!"

切斯警官却摇起头:"对不起,它现在不在朴次茅斯,更不在警局的控制范围之内。"

"那我的拜纳目前究竟在哪?"麦凯先生盯着他追问,并揶揄了一句,"难道它跑到国外去了吗,法国,还是端士?"

"麦凯先生,你还真说对了!"切斯警官眯了一下眼,"准确地说,它现在是在千里之外的西班牙海关动物防疫站。据我们调查的结果,没有人拐骗它,是它自己从港口坐渡轮偷渡过去的。"

"这怎么可能呢?"这下轮到麦凯先生吃惊了,因为拜纳平时很乖,是不会随随便便就跟陌生人走的,就连他哄它上街都非易事。另外,一只猫怎么会在安检人员的眼皮下,溜上开往西班牙的渡轮呢?麦凯先生摇头的同时,马上又追问:"警官先生,你能告诉我,拜纳所乘的是哪条渡轮吗?"

"当然可以,'毕尔巴鄂的骄傲'!"

切斯警官的声音也提高了:"根据我们的调查,由于拜纳身上有微型芯片,船上的人对它十分友好,给它安排单独房间,顿顿都是鸡和三文鱼。到了港口后,又将它送到动物安全防疫站,总之,你的猫咪这次千里旅途很幸运,没有受到任何虐待。"

"警官先生,那我什么时候能见到拜纳?"麦凯先生惊喜地问道。

"根据惯例,西班牙方面要隔离六个月。"切斯警官满面笑容,稍顿了一下:"知道吗,欧洲杯眼下正在西班牙举行,为了让你的猫咪不感到寂寞,我已经代表警局向外事处建议,请他们与对方联系,每天派专人和车送拜纳去看球赛。"

"这些费用可能要几万欧元。不过嘛,我想麦凯先生一定会乐意承担……"

死　囚

摩洛哥是个很小的国家，以前处决死囚，都是雇佣邻国的刽子手来执行。那一年，安肯亚达卷入了一桩杀人的案子，被法官判了死刑。等到处决他的那天，不知何故，邻国的刽子手没有来，安肯亚达又重新被关进了牢房。

11 年就这么过去了。

这是 11 年后的一天，牢房的门打开了，狱警拿来一套半新不旧的衣裳，让安肯亚达换上，然后端上很多好吃的东西，还有一瓶法国白兰地酒。安肯亚达明白他的死期到了，这将是他最后的"晚餐"。安肯亚达感到一阵轻松，因为 11 年来他一直生活在恐惧之中，这一次他终于可以解脱出来了。于是，他饱餐了一顿后，问走进来的狱长："你们究竟想怎么处决我？"

狱长掏出一份写好的公文："先在这上面签字吧。"

安肯亚达以为是处决书，看都没看，就签上了自己的名字，然后递给狱长，并主动地问："狱长先生，还有什么手续需要我签字的吗？"

谁知狱长收好公文后，冲他满意地笑笑："没有了，安肯亚达先生，你现在可以出狱回家了！"

"什么，放我回家？"安肯亚达一时惊呆住了，简直不敢相信自己的耳朵，狱长拍拍他的肩："不错，你可以出狱回家了！"

安肯亚达喜极而泣,简单收拾了一下东西,走出监狱大门时,他忍不住喃喃地问道:“狱长先生,我怎么会无罪释放,难道是我的案子得到澄清?”

“不不,这与你的案子毫无关系。”狱长摇摇头,敛起了脸上的笑容,看看两眼迷惘的安肯亚达,补充道,“知道吗,是哈丁马帮了你,11 年来,那家伙一直拒绝对你执行死刑。”

“哈丁马?”

“不错,”狱长表情悻悻,声音也提高了,“那家伙绝不是怜悯你,他是为了钞票,一直在钞票问题上不松口。”

原来,处决安肯亚达的那一年,哈丁马抱怨该国的死囚太少,他来去一趟赚不了多少钱,便要求给他涨价,另外必须报销路费。监狱却不肯让步,认为签订的合同不能更改,双方就这样一直僵持着,安肯亚达的死刑也就拖延了下来。

“知道吗? 这 11 年来,都是我们监狱花的钱,白养着一个 11 年前就该去上帝那儿报到的人。”狱长说到这里,稍顿了下,“由于这两年各种物价飞涨,新任总统终于答应了涨价,不料,哈丁马那家伙不能来了,他中风得了脑瘫……”

“总之,我们监狱不能再白养着你了,所以总统亲自下令,让你在特赦书上签字。”

狱长最后又拍拍安肯亚达的肩:“你的运气真是好极了! 快上车吧,我相信监狱的大门以后不会再对你开了。”

囚犯越狱

塞尔顿是英国的一个老监狱，关押在这里的犯人，经常受到虐待，生活上更甭说，看不到电视和报纸，除了星期天伙食稍微好点外，其余的六天简直糟糕透顶。

一天，狱长凯恩召集囚犯训话，发现少了两个，赶紧在狱内搜查，才发现囚房墙角被挖了个洞，原来是夜晚越狱逃跑的。

凯恩马上通知警方，追捕这两个胆大包天越狱逃跑的囚犯。

一天，两天过去了，警方没有抓到囚犯。凯恩感到问题的严重性，因为这两个家伙是杀人抢劫犯，如果跑到社会上，又干出什么惊天案子，他这个监狱长就是渎职。被免职不如自己主动辞职，第三天早上，凯恩上班的第一件事，就是向上司写辞职报告。

凯恩刚写下辞职两字时，突然电话铃响了，是另一个叫布莱斯的监狱长打来的："喂，伙计，这是怎么回事，你的囚犯怎么跑到我的监狱，为什么连个押送的警员都没有？"

"什么，我的囚犯跑到你们监狱……"

"可不是嘛！"布莱斯生气了，在电话中大声地道，"一个叫泰尼尔，另一个叫亨什么利的，穿的是你们监狱的囚服，还戴着你设计的那种手铐。"

"这两个该死的家伙！"凯恩心里咒骂了一句，忍着怒气回答道，"不错，这两个家伙是我们监狱的，请你马上派人押送回来。"

“算了吧，伙计，你也别不好意思……我已经收下这两个家伙了。”

“布莱斯先生，你这话是什么意思？”凯恩一听生气起来，同样提高了声音，“你得跟我说清楚，简直莫名其妙！”

“什么莫名其妙，”布莱斯哈哈笑了起来，声音也更大了，“我管理的监狱，是英国最新创办的‘示范’监狱，专供外国记者参观和采访，既有豪华的赌场、妓院，还有超市。知道吗，现在每天都有囚犯越狱跑到我这里，而且，每个监狱长都是用你这种方式……”

凯恩听着愣怔住了，还没等他说话，布莱斯又缓和了下口气，“喂，伙计，你老实告诉我，这两个家伙是不是你的亲戚？不过记住，下不为例。我这里已经人满为患……”

诱人的钻石

尤斯金是个珠宝商。这天，他参加了一个珠宝展销会，为吸引卖主的眼球，他将一颗作为展品的橄榄色钻石放在柜台上。不料一个小男孩跑过来，趁他与人搭讪之机，抓起这颗钻石放进了嘴里。

等到尤斯金发现时，小男孩已经将钻石吞入肚里。

吞下钻石可不是好玩的，尤斯金担心小男孩出什么危险，于是，赶紧叫车将小男孩送到医院……

没一会儿，小男孩的父亲哈罗闻讯赶来了，尤斯金便满脸歉意，忐忑不安地说：“对不起哈罗先生，我没想到会发生这种不幸的事情,以前也从来没有碰到。"

"究竟是怎么回事?"哈罗怒气冲冲地质问道。

"事情是这样的。这是一颗橄榄色钻石,我想您的儿子平时一定喜欢吃橄榄糖,所以误会了,抓起放进了嘴里。"

"什么?你说我儿子吞下的是钻石?"

"是的,"尤斯金连连点头,"像这种钻石十分罕见,也极其珍贵,是我三年前从南非收购来的。"

哈罗一听脸上的怒容消失了,眼中放出光亮:"值多少钱?"

"怎么说呢,您知道朱丽娅·路易斯吗,她可是全世界十大女富翁之一,去年曾出价800万欧元,而且与我联系了多次。但是,我没有卖。"

"真的吗,这颗钻石究竟值多少钱?"

"至少1200万!"

哈罗马上兴奋起来,鼻头也涨红了,他对神情沮丧的尤斯金道:"好啦,这里已经没有你的事了,你可以走了!"

小城乌鸦

很多年来,在美国小城费埃尔的入口处,竖着一块醒目的警示牌:"千万不要招惹乌鸦,不然你就惹上麻烦了!"

罗切斯和女友是头一回驾车来这座小城旅游,看到这块警示牌后不以为意,进了小城后,发现小城还真是乌鸦的天下,它们或

成群盘旋于教堂上空,或旁若无人地在广场活动,就连街道两旁的树上也栖着乌鸦。

小城不像其他喧闹的城市,没有公交车,星级宾馆也没有。罗切斯和女友就想找个小旅店住下,一只幼鸦突然从树上坠落下来,拦住了罗切斯的车道。紧接着,几只成年乌鸦飞落下来,围着幼鸦发出一阵聒噪的叫声,还轻轻啄了下它的羽毛。罗切斯不耐烦了,连摁了几声喇叭,又走下车,生气地驱赶起来。

这下可闯大祸了!

这几只乌鸦并不示弱,一边紧紧护着幼鸟,一边冲罗切斯大声“咆哮”,其中一只扇翅飞过来,朝他的额头狠啄了下,罗切斯怔住了,还没等他回过神,鸦群从四面增援来了!它们气势汹汹,纷纷向罗切斯发动凶猛的攻击。罗切斯赶快逃进车内,女友也吓坏了,向当地警方报警。

一个小时以后,穿着便衣的警官夏恩才来到现场,鸦群已经散去了,罗切斯的小车变成了白色,皆是鸦群泄愤抛下的粪便。

罗切斯气愤地道:“这里的乌鸦太可恶了,它们霸占车道,我只是驱赶了一下,没想到就对我展开袭击,还将这么多粪便投在车上。”

“可不是,简直无法无天!”警官夏恩也露出悻悻神色,“两个月前,新任州长来小城视察工作,在广场发表演讲,也就是 10 分钟时间,这些家伙就恼羞成怒了,竟然将粪便投在州长身上!还对我们维护秩序的警察‘下手’,直到现在,只要见到穿警衣警帽的人,这些家伙仍然不放过……很抱歉,这就是我今天为什么穿便衣,姗姗来迟的原因。”

“罗切斯先生,别指望这些家伙跟你赔礼道歉,‘忍声吞气’

算了吧。”警官夏恩为人和善，话也很多，“可能你们对乌鸦的习性缺乏了解。它们对自己的巢窝及孩子极为‘袒护’，而且‘相当记仇’，因为它们有很强的识别能力。当然，只要你不去招惹它们，友好与它们相处，这些家伙还是挺招人喜欢的，清晨黄昏，它们会陪伴你散步，免费为你表演唱歌，有时还会飞到你的肩头，与你耳鬓厮磨亲热一阵……”

“也正因为它们，小城至今没有公交车，没有热闹的娱乐场所及星级宾馆，但这丝毫不影响小城人的生活。”警官夏恩稍顿了一下，看看罗切斯和他的女友，又笑道，“你们想知道州长离开小城时是怎么说的吗？小城有这么多树和花草，又有这么漂亮的鸟儿相处，环境真是太好了！”

“友好与宽容，往往得到的是更多的尊重！”

“警官先生，我明白你的意思了。”罗切斯也笑了笑，“回去后，我一定会转告来这地方旅游的朋友，为了避免不必要的麻烦，千万不要招惹小城的乌鸦。”

最后一任监狱长

维纳尔是个老监狱，坐落在一座荒凉的孤岛上。第二次世界大战过去几十年了，关押在该监狱的许多战犯，也早处决的处决，释放的释放，只有少数被判终身监禁的战犯还关在这里。

监狱长也换了一任又一任。当罗伊伯任该监狱长时，监狱里只剩下一个战犯了，他叫赫斯，原是希特勒的副手。罗伊伯上任的第二天，就到牢房探视赫斯，罗伊伯原以为这个老家伙不是病入膏肓，就是奄奄一息卧床不起，等待见上帝了。因为赫斯毕竟是个 80 多岁的人了。

谁知一跨进牢门，罗伊伯呆住了，只见赫斯红光满面，眼不花，耳不聋，头上的白发甚至比他还少。赫斯也十分傲慢无理，对他这个新来的监狱长不屑一顾，仰靠在沙发上跷着腿，悠闲自得地看电视，一旁还有个老狱警殷情伺候，替他冲咖啡……

罗伊伯十分生气，马上将那老狱警叫了出去："怎么回事，这老家伙心宽体胖，神采奕奕……这是为什么？快回答我的话！"

老狱警马上恭敬地答道："狱长先生，你可能还不太清楚，赫斯现在享受的是国家元首的待遇。"

"胡说，他仅是一个可耻的战犯！"罗伊伯更加生气了，又补充了一句，"被判了终身监禁的战犯而已，知道吗！"

"可是，监狱囚犯只剩下他一个人了。"老狱警并不示弱，申辩道，"而像我们这样为他服务的有上百人，政府每年还得为他支付食宿费 180 多万美元……这老家伙吃喝不用愁，病了有专机护送到医院治疗，他还能不心宽体胖，越活越年轻吗？"

"狱长先生，这是没有办法的事。"老狱警看着神色悻悻的罗伊伯，又带着告诫的口气道，"老家伙的脾气很坏，狱长先生，没事最好不要去招惹他，万一要是有个什么事的话，上头就会按渎职处罚我们。"

罗伊伯的心情糟透了，他根本就不愿到这荒岛监狱任职，生活如此单调乏味，况且，他堂堂的一个监狱长，竟然只管一个犯人。看来，他要想离开荒岛和监狱，只有等赫斯死了去见上帝，否则，他将在荒岛监狱一直待下去。

正当罗伊伯深感悲观时，一件让他惊喜万分的事发生了！有一天，赫斯因贪吃牛排，喉管竟然被卡住——最后翻了下白眼，倒在餐桌旁死了。罗伊伯马上向上司报告了这一消息，并建议撤销维纳尔监狱，因为最后一个“二战”的囚犯死了，监狱也就没有必要存在了。

罗伊伯兴高采烈，收拾好东西准备离开荒岛时，没想到的是，上司派人又押送来了一个年轻囚犯，这个囚犯叫格兰杜斯，是个邮递员。罗伊伯心想邮递员能犯什么大罪？一定是杀死了女友或者是抢劫银行……

“不！狱长先生，你的猜测错了！”年轻囚犯摇摇头，反驳道：“我只是利用工作之便，销毁了应该投递出去的邮件。”

什么，你销毁该投递的邮件？罗伊伯一听惊怔住了，眼也瞪大了，“那，那你销毁了多少邮件？”

“不算多，就42768封，还没有加上案发那个月的。”

天哪，按法律规定，邮递员毁信一封判刑九年。这家伙竟然销毁了42768封邮件，得坐38万多年的监狱呵！罗伊伯惊得差点背过气，年轻囚犯却激动得满脸通红，手舞足蹈地说：“狱长先生，知道我犯罪的动机吗，我一直想创造新的吉尼斯纪录，世界上谁被判的有期徒刑最长？哈哈，是我格兰杜斯，我终于实现这一伟大梦想了！”

“住嘴！你这个可怕的‘疯子’！该死的蠢猪！”罗伊伯气急败坏，忍不住冲格兰杜斯咆哮起来。他完全绝望了，因为，上司已经正式决定，他将是维纳尔监狱的最后一任监狱长，终生在这荒岛上恪守职责……

寻找失落的古都

1871 年 9 月，太阳像火盆一样烤着南部非洲，在通往马绍纳的漫漫荒原上，一个面色憔悴、背着沉重行囊的年轻人，顶着烈日孤独而吃力地前行，几只灰色的秃鹫不时在他头顶上盘旋。

这个年轻的探险家叫卡尔·莫克，来自德国。莫克不同于其他探险家的是，别的探险家来非洲是为了发财，攫取黄金和钻石。而他只有一个目的，填补欧洲人所绘制的这片大陆的地图上的“空白”，因为当时在欧洲人眼中，非洲是片“黑暗的大陆”，非洲人是原始的、愚昧尚未开化的民族，不可能创造什么辉煌文明的古都……

莫克很小的时候，常听当海员出身的父亲谈到非洲，他就下决心长大后到非洲探险，要找到《圣经》中所说的盛产黄金和宝石的俄斐，让那一段失落的文明历史像袅袅青烟重新在非洲大地升起，这是这片大陆灿烂辉煌的过去。

1869 年，也就是莫克 27 岁这年，他孑然一身踏上非洲探险之旅。三年时间过去了，热带森林留下过他的足迹，猎刀屡次逼退袭向他的野兽，他被毒蛇咬伤过，也患过可怕的疟疾，这些莫克都挺过来了，但令他沮丧的是，始终没有找到梦萦中的那座文明古都，甚至连一块残片都没有找到。

这天，烈日下人迹罕至的荒原似乎走不到头，裸露的岩石随处可见。到了中午时分，莫克感到饥肠辘辘，四周也找不到水，他失去了继续前行的勇气。携带的指南针告诉他，此刻折而向南，几日之后就可以搭上回德国的商船，如果继续向西，他将陷入弹尽粮绝的地步，极可能成为头顶盘旋的秃鹫口中的美食。

附近有一棵粗矮的树，莫克便走了过去。原来是一棵野生的油梨树，枝叶下垂的地方，挂着一枚不大的青果，莫克喜出望外，伸手摘下欲解饥渴时，忽然他发现，这棵树并不是孤独的，它的周围有许多被风沙掩埋的腐烂树桩，一直延伸到荒无人烟的深处。显然很早以前这地方并不贫瘠，至少有人居住。莫克又看着手中的青果，这分明是一颗希望之果啊，是上帝特意赐予不畏艰辛困苦者的，继续前行，一定会有更大的发现和惊喜。

莫克忘记了饥渴和劳累，烈日之下又迈开了坚定的脚步。

果然，沿途上他看到越来越多的果树，景色越来越美丽。落日时分，他看到一个欢乐的游民部落，晚上住在一个老牧羊人家里，正是在这位老牧人的帮忙下，又几经周折，莫克找到了非洲失落千年的文明古都遗址、《圣经》所记载的黄金之城——俄斐！

年轻探险家莫克的发现震惊了世界，以后的津巴布韦，也就成为世界上第一个以考古遗址命名的国家。

最后一只渡渡鸟

1507 年,欧洲的水手远征非洲,登上毛里求斯岛的那一刻,一种大鸟就注定了它悲惨的命运。

当欧洲人的枪声四下骤起,岛上居住的土著及其他有腿的动物到处逃命时,只有这种大鸟不知道危险,扇起它们热情的翅膀,引颈鸣叫,像往常一样迎接远来的客人。直到无情的子弹打倒它们,锋利的刀割开它们的喉管……

这种大鸟就是非洲著名的渡渡鸟。

几万年前,毛里求斯岛气候温暖,到处是郁郁葱葱的森林,渡渡鸟就飞到这里安家了。它们以树下的果实和昆虫为生,由于没有什么野兽出没,也很少有猛禽来骚扰,它们的种群兴旺起来。况且,茂密的树冠像一把绿伞,替它们拦住了寒冷的冬天与炎热的夏季,它们的翅膀开始退化了,体重增加,变成了一种不会飞的鸟。

渡渡鸟天性善良而温驯,它们的祖先栖息树上的时候,从来不会欺负比它弱小的动物。以后岛上有了土著人的足迹,炊烟,它们又与他们和睦相处,一直持续着亲密而友好的关系。直到殖民主义者的侵入,给它们带来了死亡的气息和恐惧,而且,灾难与厄运还仅仅是开始。在以后的 100 多年中,渡渡鸟的栖息地一迁再迁,先是从茂密的森林被赶出来,以后沼泽地又不容它们安身,殖民主义者除了占领外，已经把打渡渡鸟当成了乐趣，它们也成为了餐桌上不可少的美味佳肴。

殖民主义者把渡渡鸟当成佳肴，也刺激了狗的胃口，一见到渡渡鸟就穷追不舍，甚至连猪也趁火打劫，不仅吃幼鸟，还吃渡渡鸟的蛋，吃光了就把巢拱得乱七八糟，而渡渡鸟只能在一旁悲鸣，从来就不知道用它们钩形的黑色大喙攻击……

狗和猪随着环境改变了习性，渡渡鸟却无法改变它们的天性和善良，对人类仍然没有一点戒备之心，面对追杀的枪和子弹，除了坐以待毙外，不知道躲避和藏匿。面对人类的赶尽杀绝，非洲已经没有它们立足的地方了。

1681 年，在毛里求斯一个叫奥里的小镇旁，出现了一只孤独的渡渡鸟，它身上伤痕累累，烈日之下，被一群闻见血的苍蝇追逐着。显然，它是从很远的地方一路艰难走来的，寻找着它昔日的家及离散的亲人和伙伴，它不停地悲鸣着，随着风沙卷起的黄尘，消失在无尽头的荒野之中……

这是人类最后一次见到渡渡鸟。

从那以后，辽阔的非洲再也见不到比人类历史还早的渡渡鸟，整个地球上也不见它的踪迹。

如今，在乌得勒支、维也纳博物馆保存下来的，仅只有一些渡渡鸟的骨骼，始终没有一只完整的标本，而印在国际动物保护组织会徽上那只渡渡鸟，只是画家对它的写生而已。

渡渡鸟，人类永远的痛！

希古卢岛的奇雷

肯尼亚有一个内湖叫维多利亚，湖上有一个希古卢岛，每年的三月至五月，岛上雷声隆隆，进入一年中最长的雨季。

岛上的卢奥族人靠打渔和种庄稼为生，多年来也习以为常了，因为每当第一声雷响之前，就有许多鸟儿飞到岛上，见火就扑，或悲鸣绝食而亡。鸟儿集体自杀的现象，引起一个叫布赖的鸟类学家的关注，他在岛上考察和研究了两年，发现鸟儿集体自杀已经成为规律，但弄不清这些鸟为什么不飞到其他地方，偏偏要赶到岛上响起第一声雷之前集体自杀。

而当第一声雷炸响的时候，岛上有流水的山洞内，又会有一种银色的小鱼，像赶潮汛似的从洞内奔涌而出……

第三年，布赖又来到了希古卢岛，住在一个农民家里。农民家有个聋哑女儿，叫阿姆娅，已经25岁了。阿姆娅是5岁时突然丧失说话能力的，父母曾带着她四处求医，但医生无法找到她变成哑巴的原因。

阿姆娅成了大龄姑娘，父母急于要将她嫁给一个比她年纪大20多岁的男人。阿姆娅心里既气愤，又痛苦，这天在一片风雨和雷声中，她冲出了家门。布赖和阿姆娅的父母十分焦急，便到处寻找。最后在岛上一处悬崖上，找到昏迷躺在地上的阿姆娅。显然，她是遭到了雷击。大家赶紧抱起她，准备送往医院，不料阿姆娅苏醒过来，摇摇头，竟然开口说话了："我没有事……我死也不嫁给那个男人。"

阿姆娅事后回忆说，她绝望中奔到悬崖上，准备跳湖自杀时，一道耀眼的电光突然闪过，接着，头顶响起一声炸雷……她就失去知觉，倒在地上不省人事了。直到大家找到她，而遭到雷击的她也获得了"新生"。

布赖将阿姆娅的事写进他的《希古卢岛见闻录》。谁知没过多久，又一件神奇的事情发生了！

岛上有一个叫卡多苏的少女，不幸遭到雷击，送进医院时，她有几处小的烧伤，除此之外完全正常。晚上 10 点多钟时，负责治疗的医生检查病房，没有发现任何异常。可是，第二天早上，当这位医生再进病房时，不禁大吃一惊，看到床上躺着的不是少女卡多苏，而是一个老太婆，医生仔细一问，才知道这位老妪就是卡多苏，当她通过镜子看到自己的形象时，不禁伤心地哭起来。

原来，这位少女的脸上满是皱纹，甜蜜的笑容被令人心悸的丑陋容貌所代替。医院遗憾地告诉卡多苏的家人，他们没有回春之力，让卡多苏重新回到"少女时代"，也从没遇到如此稀奇古怪的事情。

布赖来岛上观察鸟儿集体自杀之前，岛上就有一条蟒蛇，经常侵害人们养的鸡、鸭和羊，布赖来岛后也发现过，几次设法捕捉，可是，都让狡猾的蟒蛇逃脱了。

然而，这条蟒蛇还是没有逃脱厄运。

那是一个晴朗的天气，人们像往常一样从事各种劳作，有的下湖捕鱼，有的在地里耕耘，或放牛羊。到后半晌时分，随着一阵大风，乌云夹着雷鸣电闪而至，瞬间暴雨倾盆，人们纷纷跑回家歇

息，布赖这天帮助阿姆娅一家干活，则在地头一间石屋躲避突如其来的风雨。

天空雷声隆隆，四周也黑暗了下来。突然，伴着一道刺眼的闪电，“咔——嚓！”一声撼天动地的炸雷从天而降，像空地导弹一样“命中”了离石屋不远的一块玉米地边的猴面包树，小半个树冠顷刻坠地。

大雨刚一停，布赖就朝倒塌的大树奔过去，凭着他的感觉，刚才那记炸雷可能劈中了什么。果然，布赖奔到现场，一下惊住了，原来跌落于地的树冠下面躺着那条被“击毙”的蟒蛇，嘴里衔着一只遭雷劈死的猴子，猴子嘴里又叼着一个鲜玉米棒子，而在蟒蛇脊背靠前部分，还躺着一只兔子大小的捕蛇鼠尸体。

布赖的大脑马上浮现出一个惊心动魄的场面，一只猴子掰了地里的鲜嫩玉米爬上树解馋，藏在树上的蟒蛇来了个突然袭击，咬住了猴子，没想到“螳螂捕蝉，黄雀在后”，蛇类的天敌捕蛇鼠出现了，从背后向蟒蛇发动攻击。就在这瞬息间，迅雷以不及掩耳之势劈来，一举打断了这几个动物之间的“食物链”，结束了战斗。

人们闻讯后，纷纷跑到现场观看，无不称奇！布赖更是感慨不已，因为这是他在希古卢岛的三年考察中，所目睹到的一个最神奇、可谓千古难逢的奇雷。

谁偷走了果戈理的头颅

1852 年，世界著名作家、《死魂灵》的作者果戈理，在莫斯科抑郁逝世，安葬在圣丹尼安修道院的名人陵墓。

果戈理临终前，得知亲友们要将他安葬在圣丹尼安修道院时，曾流下眼泪说：“我死后葬在那里，灵魂不会得到安宁，将来无论在何处，我都会在黑暗中注视着这个世界。”

65 年的风雨过去了，1917 年，苏联政府推翻了沙皇统治，决定将一些著名人物的遗骸移迁到新圣母修道院的公墓中。令人吃惊的是，当打开果戈理墓室的棺木时，伟大作家的头盖骨竟然失踪了！

消息传开以后，马上引起社会上的广泛关注。因为，果戈理的墓室要比其他墓室埋得深，尸体按照东正教传统头朝东，侧面是祭坛。打开墓室时天已黄昏，棺木上面的盖板已经腐烂，两侧的金属薄片、棺木上的浅色金银饰条，都保存得相当完好。果戈理的遗骸从颈椎起，整个骨骼骨架很好地包裹在烟灰色的大礼服中，脚上的皮靴完好无缺，唯独不见果戈理的头盖骨。虽然在现场挖到过一个头盖骨，但据考古学家鉴定，这是个不知名的年轻人的头盖骨。

那么，是谁盗走果戈理的头盖骨，很快，苏联政府发现了线索，在一处教堂的地下室找到一红木盒。据看守教堂的老人说，

这是沙皇政府倒台前放在教堂的，交代他是一个大名人的头颅，任何时候不得向外界透露。然而，经考古学家鉴定，贮放在红木盒的头盖骨，仅只是一个“赝品”而已。

果戈理头盖骨的下落，一时变得扑朔迷离起来。

没过多久，苏联政府围绕“红木盒”这一线索终于查明，1909年，俄国一位叫巴赫鲁申的剧作家，为建立自己的私人戏剧文艺博物馆，花重金贿赂两名圣丹尼安修道院名人墓地的守夜人，掘开果戈理的墓室，盗走了果戈理的头盖骨。

巴赫鲁申得到果戈理的头盖骨后，就像获得圣物一样珍贵，用银制月桂冠装饰，安放在装有玻璃的红木盒中，并罩上一层黑色的山羊皮外套。应该说，在巴赫鲁申私人博物馆里，他对果戈理头盖骨这件收藏品情有独钟。

巴赫鲁申天生有一个毛病，喜欢让朋友分享他的最珍贵“藏品”。一天，来了几位剧作家，还有一个叫雅诺夫斯基的海军尉官。当巴赫鲁申拿出装有果戈理头盖骨的红木盒时，海军尉官脸色既愤怒又痛苦，默默无语地盯着红木盒……

等到其他客人都走后，这位海军尉官仍盯着桌上的红木盒，表情凝重，双手合十，心里像是在祈祷着什么，盒里的头盖骨似乎将他带入一种久远的回忆。巴赫鲁申感到不安起来，惶然地问：“很抱歉，我还不知先生的大名。”

“雅诺夫斯基，海军上尉。”海军尉官的火气突然爆发了，怒气冲冲地喝道，“知道吗，我是果戈理的侄孙！”巴赫鲁申一听惊呆了，“那么你进门时，为什么不说明你的身份？”“我会这么傻吗！当你知道我的身份后，还会拿出果戈理的头盖骨，让他的侄孙‘欣赏’吗？”

不容巴赫鲁申开口，海军尉官又愤怒地斥道："自从你窃走我叔祖父的头盖骨，我的眼皮老是跳，心神不安……你这个该死的混蛋！"

海军尉官怒骂到这里，掏出手枪猛地朝桌上一拍道："枪膛里有两颗子弹，如果你拒绝将我叔祖父的头盖骨交还，一颗子弹给你，另一颗子弹留给我自己。"

巴赫鲁申的脸吓白了，虽然他心里明白，沙皇政府对果戈理恨之入骨，雅诺夫斯基就是告他，法院也不会理睬，况且雅诺夫斯基还在沙皇俄国的海军服役，但在盛怒之下，说不定真会一枪崩了他。最后，巴赫鲁申不得不忍痛将红木盒交给了海军尉官……

雅诺夫斯基夺回了叔祖父的头盖骨，带到自己供职的军舰上。没多久，这事被上司知道了，命他交出红木盒，理由十分荒唐：果戈理的头盖骨留在军舰上，等于是散布他的思想，会赤化和引起海军对沙皇的叛逆。

迫于上司的压力，雅诺夫斯基交出了红木盒，上司马上又派人专程呈交给了沙皇。

这个呈交给沙皇的红木盒，便是8年后被苏联政府鉴定的"赝品"。原来，雅诺夫斯基夺回果戈理的头盖骨后，为以防不测，暗中请工匠制了一个同样的红木盒，并装上不知名的头盖骨。果然，蒙骗过了上司。

而装有果戈理头盖骨的红木盒，此刻藏在一艘航行在大海中的意大利军舰上。舰长叫鲍根，此次来俄国是将在此阵亡的意大利官兵的遗骸运回去。雅诺夫斯基通过关系找到鲍根，请他将叔祖父的头盖骨带到罗马安葬，因为果戈理晚年一直侨居意大利，把罗马视为自己的第二故乡。鲍根舰长表示，他愿意完成这一不寻常的任务，并保证，回国后的第一件事，就是将果戈理的头盖骨安葬在罗马最有名的陵墓中，按东正教仪式为伟大作家的遗骸安灵祷香。

这样，雅诺夫斯基就将红木盒交给了这位意大利舰长。谁知鲍根回国以后，工作异常繁忙，军舰也一直在海上游弋，黑布蒙盖的红木盒只得搁放在他的办公室。

一直到1911年春，也就是雅诺夫斯基将果戈理的头盖骨交给鲍根舰长两年后，鲍根的弟弟、一个酷爱收藏的罗马大学生，到军舰上来探望哥哥。鲍根就将装有果戈理头盖骨的红木盒，郑重地交给了弟弟，拜托他回罗马后，完成他未能完成的任务。

弟弟欣然答应了，几天后带走了红木盒。

鲍根就一直盼望弟弟的回信，直到这年7月，弟弟来信了，鲍根看完后连连跺脚，心里充满了懊悔。原来弟弟在信中说，他带着红木盒返回罗马时，列车驶入一条隧道发生了可怕的事故，他幸免于难，目前还在罗马一家医院治疗，但装有果戈理头盖骨的红木盒，从此再也找不到了。

历险亚马孙

一天，安德弗医生的好朋友拉迪来找他，带来一份报纸，让安德弗看报纸上的“新闻”。原来，在巴西亚马孙的原始森林中，有个叫奥鲁的土著，无论是什么流行瘟疫，受到什么刀箭之类的重伤,或者遭到毒蛇猛兽噬咬,这个土著都不会受到感染,没有任何疼痛感,更没有生命之忧。

拉迪告诉安德弗,根据他得到的消息,有关这个土著的"超人"现象,已经引起世界一些有名的商业公司的兴趣,如果能找到奥鲁,将会获得许多极有价值的东西,例如找出一种特殊基因,加以培育和研制,用于人类健康长寿、医疗和军事等方面,这可是世界上独一无二的"资源"啊!

"安德弗,你不是早就想去亚马孙,寻找医学上有价值的神秘植物,用来攻克人类疾病的难题吗?通过这个土著也许能找到答案。"拉迪看了下安德弗,放下手中的咖啡杯子,"这次是一次好机会,我们一起去亚马孙吧。"安德弗说:"亚马孙有不少土著部落,我们一点不熟悉,怎么在茫茫的原始森林里找到奥鲁?"拉迪狡黠地一笑:"这个你不用担心,我都已经打听和安排好了。"说着,他又掏出飞机票,"机票我也买好了,后天我们就启程。"

就在俩人动身前,又有一位叫奎多斯的植物学家,参与他们这次不寻常的旅途。

几天以后,拉迪带着他们深入到亚马孙原始森林,找到了奥鲁所在的部落,不料,奥鲁已经下落不明。原来三天前,有一伙持枪的人闯进部落,强行将奥鲁绑架走了。部落的人奋起追赶,没想到又有一伙人来寻找奥鲁,同前面那伙人打了起来。一场激烈的枪战之后,双方留下几具尸体,奥鲁也失踪了。

毫无疑问,像奥鲁这样一个极具价值的奇人,如果被一方"垄断",或者双方都得不到的话,都将会不择手段,甚至不惜一切代价让他从地球上消失。

拉迪气急败坏,咒骂了那些绑架奥鲁的歹徒一顿,安德弗也很失望，奥鲁被人绑架走了，不知何处，要想再找到他，比大海捞针还要困难，就是知道了，也没有能力营救，看来只有回国了。这天晚上，他们就宿在部落酋长家里，准备第二天离开。

深夜时，安德弗被一阵妇女的痛苦呻吟声惊醒，随后，传来一阵巫婆的念咒声。酋长也惊醒了，告诉安德弗说，是部落一个叫比罗的妻子生孩子，因为难产，已经一天一夜没生下来，恐怕只能听从上帝的安排了。安德弗一听，马上让酋长带他去比罗的家，他仔细检查了下孕妇难产的情况，对比罗说，我是医生，请相信我的医术，你的妻子还有救。说着，他从携带的小箱内拿出针和药，对孕妇进行紧急抢救，动手术，一直忙到天亮，比罗的妻子得救了，孩子也平安地生了下来。

比罗十分感激安德弗，送他出门时，主动问道："你们是为寻找奥鲁来的，对吗？"这时，拉迪来了，忙答道："不错，我们对奥鲁没有恶意，只是想见见他。听你的口气，一定知道奥鲁的下落。"比罗点点头，原来奥鲁遭到绑架的那天，他正在莽林中狩猎，看见一架直升机停在附近。当一阵激烈的枪声过后，奥鲁被几个持枪的汉子推搡过来，并押上了飞机。当飞机飞向高空时，他看到奥鲁从飞机上跳了下来，飘落于莽林深处……

"从高空中跳下来，奥鲁还能活吗？"拉迪表示怀疑，露出一副沮丧的样子。比罗却笑了下，说："外界不是都知道了吗，奥鲁身上有一种超人的力量，他不会有事的。他一定是躲藏在丛林深处那片沼泽地里。"

比罗稍顿了下，又道："安德弗医生从死神手中，夺回我妻子和孩子的生命，我是奥鲁的好朋友，明天我带你们去见他，我想他一定不会拒绝。"

第二天一大早,安德弗一行悄悄离开部落,跟随比罗进入丛林深处。走到黄昏,当接近一片散发着腐败气味、泛着黑水的沼泽地时,蓦然传来猛兽的吼叫声!只见一个瘦小赤裸的土著,正和一只黑熊搏斗。他身上已有多处被抓伤,但他并不退却,他用手中的箭矛,连连刺向凶狠的黑熊,近处还有一条倒毙的蟒蛇。黑熊慢慢招架不住了,败下阵来,吼叫了一声,连滚带爬地逃跑了。

这个像猴子一样敏捷的人就是奥鲁,胸前缀着几块蝙蝠的装饰。比罗介绍了安德弗一行的来意后,奥鲁不作声,眼中露出几分戒备的眼光。安德弗发现他受的伤并不轻,腿上还有被蟒蛇噬咬的伤痕,便拿出特效的疗伤药。奥鲁没有接受,但安德弗的这一友好举止,使他对这行“异类”的人有了好感,便带客人到他藏身的树屋。

树屋架在两棵巨大的榕树之间,房子四周是用树皮缀起的墙,一架高高的藤梯从地下通到位于空中的房子里。奥鲁告诉安德弗,许多年来,他经常受到“异类人”的干扰和威胁,这间树屋是他很早以前造的,遇到危险的时候,就躲藏在这里生活……

晚上,奥鲁在树屋前燃起一堆篝火,烤吃蟒蛇肉,还从树洞抓出许多幼虫,烤成一堆焦黄的食物,请客人们品尝。安德弗大口吃着,认为这是世界上最好吃的“点心”,十分香脆可口,对拉迪感慨道,如果不是“异类”人的频繁“光顾”,亚马孙这片原始森林,真是土著生活的乐园。

拉迪却不以为然,想说什么,又忍住了。

由于树屋不大,容纳不了几个人,奥鲁独自在外面过夜。安德弗看到,沼泽地飞舞着各种蚊虫,这些蚊虫中,有许多携带有传染疾病的病菌，似乎闻到奥鲁身上的血腥味，频频飞来向他发动攻击。

第二天早上，安德弗一行醒来，走下树屋时，奥鲁刚从莽林中狩猎回来，他的伤势竟然在一夜之间不治而愈，身上也没有一点伤痕。在以后几天中，安德弗用带来的医疗仪器，给奥鲁做了各种检查和测试，结果表明，奥鲁身上确实有“超人”的现象，不怕任何毒蚁巨虫的叮咬，几分钟内能退去高烧，也不知道什么叫疼痛……

奥鲁的身上为何有如此“神功”，安德弗虽然百思不解，但他和植物学家奎多斯的看法一致，亚马孙的原始森林无奇不有，藏有很多未知的自然奥秘，奥鲁的这种超人现象无疑与他的生活环境有关。

这天，比罗回部落去了。奥鲁带着他们散步，拉迪走在前面，看见地上有许多圆乎乎的白球，大的像足球，小的像拳头，这是什么怪东西？他就用脚对准最大的一个白球猛踢一下，“嘣”的一声响，白色的球破了，里面冒出一股黑烟，四下弥散开，拉迪一下昏迷倒地了。安德弗和奎多斯也受到强烈刺激，眼泪鼻涕往下淌，连连打着喷嚏，两人没走两步，也昏迷倒地了。原来，这是一种奇怪的菌类植物，冒出的黑烟是它用来繁殖后代的孢子，对人的刺激与毒瓦斯不相上下，被人称为“植物催泪弹”。

只有奥鲁安然无恙，等到三人苏醒过来时，只见他掰开这种植物，像吃水果一样吃得津津有味，安德弗尝了一小块，苦涩中带有一种橄榄的味道，人也马上显得兴奋起来。安德弗心里明白了，这种植物含有兴奋剂的功能。

亚马孙到处有神秘植物，也处处藏有凶险。

一场大雨后，阳光照进茂密的丛林，安德弗三人发现沼泽地一侧长出许多形状像日轮的花，无比娇艳。三人好奇地走了过去，拉迪伸手想摘一朵花，突然奥鲁赶来了："别摘，危险！"原来这是一种恐怖的植物，无论碰到花还是叶子，只要它稍有感觉，所有的叶子便会像乌贼的触角一样卷起来，缠住所抓的猎物，然后拖到潮湿的泥土中，守候花旁的毛蜘蛛便蜂拥而上，爬到猎物上，吸吮和咀嚼，不多时，猎物就会被吃光。

奥鲁抓来一只地鼠，做试验让大家目睹。果然，地鼠被花叶缠住后，守候花旁的毛蜘蛛蜂拥而上，眨眼工夫，活生生的地鼠就被吃得毛都不剩。

大家看着目瞪口呆，拉迪更是惊出一身冷汗。通过仔细观察，安德弗才明白，凡有日轮花的地方，就有这种毛蜘蛛，因为毛蜘蛛吃了猎物后排出的粪便，是日轮花离不了的特殊的养料。

而这种生活在日轮花下的毛蜘蛛，有抗毒排毒的特效功能。奥鲁告诉安德弗说，他经常抓些毛蜘蛛，晒干后，碾成粉末。由于经常服食，所以不畏惧毒蛇和猛兽。

10 多天过去了，在奥鲁的帮助下，安德弗和植物学家奎多斯采集到了很多珍稀标本，谁知这时候，比日轮花更凶险的事情发生了！

那天早上醒来，安德弗感到头痛欲裂，定睛一看，发现自己和奎多斯被捆绑在一起，拉迪正用枪顶着奥鲁，推了他几下，凶狠地威胁道："马上跟我走，不然我就杀了你！"

"拉迪，你疯了，别开这种玩笑，听到了吗？"安德弗生气地喊叫起来。

拉迪却发出一阵狞笑："安德弗先生，你知道我没有开玩笑的习惯,我想我应该告诉你真相了,我是受美国某家商业公司的指使,将奥鲁带到美国去。按照约定的时间,我想飞机应该到达。”

安德弗听着惊住了,不由大声怒斥拉迪:“你这个忘恩负义的家伙,难道你忘记了,奥鲁救过你的生命吗?”

“对不起,我是一个拜金者,50 万美元对我太有诱惑力了!奥鲁只是一个土著,在我眼中他只是一头愚蠢无知的猪。对不起,只好委屈你和奎多斯先生了,你们就等待上帝的怜悯吧。”

说完,拉迪就押着奥鲁走了。

安德弗和奎多斯陷入绝望中,在这人迹罕至的地方,没有人会来解救他们,奥鲁这次也难以逃生,他们压根没有想到,两个小时后,奥鲁却安然无恙地回来了,他用刀割开俩人身上的绳索,解救了他们。

原来,奥鲁被拉迪押着,走进一片花朵格外艳丽、阵阵香气扑鼻的地带时,拉迪走着,走着,突然手舞足蹈,胡言乱语起来,一会儿说他看见美丽无比的花园,一会儿又说他进入恐怖的寺庙,又仿佛进入阴森的地狱,最后喊叫周围火光冲天,竟然吓得扔下奥鲁而逃……

“看来他是入了魔幻,闻到一种能致人幻觉的植物所散发的气味。”奎多斯说。

安德弗点点头:“不错,那家伙活不成了,在这原始森林中不被野兽吃掉,也会落入恐怖植物的陷阱,这是他罪有应得的下场!”

当天,奥鲁带他们离开了沼泽地,第二天傍晚回到部落,来到比罗家中。比罗告诉他们说,奥鲁失踪之后,仍有不少“异类”人屡屡来“光临”，打听和寻找奥鲁的消息，甚至到丛林中去搜索，闹得部落鸡犬不宁。

部落笼罩在一种恐怖的气氛中。安德弗和奎多斯私下商量，不能让奥鲁成为商业的“牺牲品”，决定尽最大的努力来帮助奥鲁，将他秘密转移到瑞典去，整容或者隐藏起来，让这位土著很好地生活下去。在征得部落酋长的赞同后，那天，便用麻药麻醉了奥鲁，让他处于人事不省的状态，抬上一架飞往里约热内卢的直升机。

飞机上升到天空，飞越亚马孙原始森林时，奥鲁突然醒了过来。安德弗等人来不及阻拦，他猛然拉开舱门跳了下去，身子徐徐飘落，坠到丛林深处。驾驶员想将飞机降落下去，搜寻奥鲁，被安德弗阻拦住了：“不要找了，奥鲁不会摔死的，他是不愿意离开他的部落，不愿意离开生养他的亚马孙原始森林。”

奎多斯也喃喃道：“奥鲁是不会死的，他身上的神奇力量，并不是上帝赐给的，而是亚马孙这片充满生命的亘古森林。”

第201艘“幽灵”船

由海洋生物学家埃里米率领的科学考察船，已经在南大西洋的风浪中漂流三个多月了。不过，这一次考察让埃里米十分失望，竟然没有搜寻到一只“幽灵船”。

从20世纪以来，在南大西洋飘忽不定的幽灵船，有案可查的达到2000多艘。埃里米极富航海经验,经过他10多年不懈的努力,虽然寻找到了200艘,却更使他陷入一种困惑:因为在这200艘"幽灵船"中,除了一些明显遭受到海盗的袭击外,竟然有90多艘完好无缺,甚至船舱货物丝毫没有动过,但是船上的船员们呢,他们究竟上哪去了?为什么会集体"蒸发"……

埃里米也曾作过种种猜测,或许这些船在航海途中,突然发生了一场灾难性的传染疾病,或许是相互内讧、引起残杀,或许大海真有什么未知的"怪物",趁月黑风高爬上船,将船员们当成美味食物……但最后都被埃里米否定了。

尤其是搜寻到第200艘"幽灵船"后,埃里米的心里便有了一种新想法,船员们之所以"蒸发",极可能是处于无法拒绝的情况下,被某种神秘的东西所诱惑而"失踪"的。但是,这种神秘东西究竟是什么,为什么会有如此大的魔力?埃里米百思不解,也正因为这样,他这次出海考察的时间比任何时候都长,甚至扩大了危险海域的搜寻范围,然而运气不佳,连一艘"幽灵船"的影子都没有看到。

眼看就要进入南大西洋的风暴季节,而且船上的食物和水没有多少了,船和人都需要返程和休整。埃里米却要大家再坚持几天,谁知两天过去了,海上除了一两艘过往的货轮外,并没有什么他期盼的事儿发生。第三天早上起了大雾,风浪也挺大,埃里米走上甲板正吩咐大家准备返航时,突然,一个年轻水手像是发现了什么似的喊了起来:"埃里米先生,你看,前面有一艘捕鱼船……有人在向我们呼救!"

埃里米忙定睛一看,果然左侧海面飘逸的雾气之中,隐现出一艘破旧的老式远洋捕鱼船。有一个女人正一边抓着船舷,一边朝这边不停地喊叫和挥手,身边还躺着一个男人。埃里米马上吩咐水手放下救生艇。然后,自己带着两名船员亲自登上这艘船。由于激动与饥饿,呼救的女人已经说不出多少话了。

这女人叫莉萨,昏迷不醒的男人是她的丈夫,叫桑罗。莉萨便断断续续地向埃里米讲述起来:她是一名神经科医生,丈夫桑罗则是律师,有一儿一女,由于全家都喜欢航海旅游,半个月前到马尔维纳斯群岛的阿根廷港,租了一艘远程游船,然后,一家四口就上船出海了。

南大西洋风景宜人,尤其是晚上美丽神奇,这天晚上,桑罗夫妇和两个孩子纵情歌舞,玩够了才回到休息舱,并且很快进入了甜美的梦乡。不料船触礁了,只听一声巨响,顿时一片漆黑。桑罗忙让妻儿套上救生衣,又用水手绳将一家人都串起来,然后一齐跳入海里。他们刚游出去不远,只听“轰”的一声,船在晨光中很快沉没。

“我明白了,”埃里米环视了一下破旧的捕鱼船,忍不住问道:“你们在海上盲目漂流了两天,发现了这艘无人驾驶的‘幽灵船’,对吗?”

莉萨拭了下凌乱的头发,吃力地点下头说:“是的,我们沿着船舷挂着的绳梯爬上来后,发现海员休息舱、驾驶舱门都敞开着,我和丈夫又来到船长室,发现了一本《航海日志》。让我们夫妇深感吃惊的是,早在30多年的一个8月初,这条叫‘亚马孙’号的船就离开巴西的阿雷格里港,前往南大西洋海域捕捞。我丈夫桑罗还浏览了一下《航海日志》,发现每一天记载的结尾都写着:‘今日一切正常’。在最后一天即当年9月3日记载的结尾,船长还这样写着:出港至今,一直顺利。”

“而且，船长室抽屉里的一串钥匙，能打开全部船舱的门锁。其中，储藏舱里蛛网层层，虽然储存着大量食物，却早已腐烂或风干，根本不能吃。”莉萨说到这里，稍顿了顿，看看被抬上救生艇的丈夫，继续向埃里米讲述起来：“由于都饿极了。7 岁的女儿摩雅央求她爸爸捕鱼。丈夫摇摇头，朝我苦笑说：‘机器都锈死了，渔网也腐烂了，怎么捕？’11 岁的儿子保尔却说：‘爸爸，船上有鱼竿与鱼钩，我们可以钓鱼。’可是诱饵哪儿有呢？于是，我丈夫桑罗在食品储藏舱，找到一种紫色小飞虫当‘诱饵’。没多久，就钓上好几条‘蓝眼鱼’。更幸运的是，我在厨房找到了燃油、盐和火柴。很快，鱼就煮好了。这种鱼的鱼卵味道好，女儿摩雅高兴地吃着，还说妈妈，我从来没吃过这样好吃的鱼卵！”

埃里米听到这里，却露出不安的神情，他从莉萨的讲述中知道，这一家人当时所处的海域已经超过南纬 60 度。那里渔业资源奇缺，有的海域根本没航线，有“大洋中的沙漠”之称。埃米心里也已意识到，灾难开始要降临到莉萨一家四口的身上了。

果然，莉萨的声音变得颤抖起来，她哀伤地讲述道：第二天早上，他们夫妇醒来后，发现舱门大开，女儿摩雅不见了。尽管找遍每一个角落，嗓子都喊哑了，还是没有女儿的踪影。整整一天，他们夫妇没有进食，只是儿子保尔饿不过，将锅中的一条鱼连卵一块儿吃了。他们夫妇也一夜未眠。天亮前，才迷迷糊糊睡着了。一觉醒来，天色大亮。丈夫桑罗还没醒，儿子保尔却不见了。莉萨大惊，冲出门来到甲板，转了一圈，空无一人，又到处找了一遍。直到确信儿子是像女儿一样失踪后，莉萨不寒而栗，突然，悲泣中的她想起什么，马上奔到船长室，拿出《航海日志》细读起来，原来上面还记录了一些船员当时的生活情况。其中有“船员利亚被一种飞虫咬后，全身奇痒。他恨死了它们，将它们做鱼饵，居然钓上来一种从未见过的鱼。”尤其是翻到最后一天记录时，上面清楚写着：“今天，利亚钓上来许多这种鱼。鱼肚中多半有卵。鱼卵的味道更美。大家争着吃……”

女儿和儿子的神秘失踪，会不会与这种蓝眼鱼和鱼卵有关？莉萨想了一会儿，心中拿定了主意。回到了休息舱。丈夫桑罗刚醒来，莉萨就平静地将儿子保尔失踪的事说了，桑罗一下惊呆了，满脸挂满了悲伤，喃喃自语地道：“到底发生了什么，这究竟是怎么一回事？”

晚上，在莉萨的劝说下，桑罗勉强把锅里剩下的鱼卵吃了。夫妇俩便上床睡觉，莉萨躺在丈夫身边，似乎也睡熟了。然而，她并没有真睡。凌晨左右，她发现桑罗起身下床，开门走了，莉萨忙起身跟了出来。

灿烂的星光下，莉萨看到丈夫表情漠然，一副似醒非醒的样子，可是眼中却闪出异样的神采。他步履缓慢，动作机械，像是被什么牵引着走到船尾，仰看了下夜空，正欲跨过船栏跳入大海时，莉萨一声惊叫，从后面扑上来，一把将他紧紧抱住。而丈夫浑然就像木头人，既不挣扎，也不反抗……

早上，丈夫醒来了，好像什么也没发生过。莉萨好生奇怪，就将凌晨发生的怪事，原本告诉了他。丈夫神色变了，似乎从一种恍惚的状态之中完全清醒了过来，失声叫道：“我想起来了。昨夜睡熟后，我听到一个非常悦耳的声音，轻轻地对我说你女儿走了，儿子也走了，你也跟我走吧，不要惊动别人，你会看到一个奇异的世外桃源。于是我下了床，出了门。在甲板上，我看到了天上飞着奇丽的鸟儿，地上撒着闪亮的珍宝，宛如人间天堂！欢乐的人群中我看到了女儿和儿子,他们齐声唤我……”

“埃里米先生,真的很不幸,”此时此刻的莉萨,泪流满面,泣不成声地说,“听完丈夫话的刹那间,我马上就明白了! 我女儿摩雅和儿子保尔‘失踪’的原因,就是吃了‘蓝眼鱼’的鱼卵,被可怕的死神缠住,才一步步走进大海的。”

埃里米的心灵也完全被震撼了,认为简直难以置信。莉萨夫妇为了揭示“幽灵船”之谜,捕了一些有卵的“蓝眼鱼”,放在船舱里储存,埃里米马上带上摄像员随莉萨来到储藏舱。这位海洋生物学家发现,“紫虫”其实是一种南美洲食腐大飞蚁,而这些“蓝眼鱼”,他却不认得。为了能获得更全面的资料,他让潜水员入水拍摄,潜水员发现船底积着一层厚厚的墨色藻体,而这种墨色藻体来自南大西洋北端的弋非理群岛……

两个月后,埃里米带着莉萨夫妇,驾船来到弋非理群岛,小岛密布珊瑚礁,发现了大面积的墨色藻体。埃里米心里明白了,这种叫马尾藻的墨色海藻繁殖力很强,在这里生长迅速,它们相互纠缠,韧性极好,船桨一旦被缠,难以解脱。而且这里的藻区达数百平方公里,即使风浪再大,任何船只也能安然无恙。然而海浪再小,总有冲击力。日积月累,最终将不知陷入此地多少年的亚马孙号推出藻区,使它又开始在海上自由漂游了。

亚马孙号之谜终于揭开了,埃里米对莉萨夫妇说:“近百年来,人们对南大西洋 100 多艘船的船员突然蒸发的原因,一直找不到它的科学合理性与说服力,现在看来,极可能是食用‘蓝眼鱼’的卵。它幸运地被您一家发现了,当然,这是用两个孩子生命换来的代价!”